登場人物
内藤《ないとう》 主膳《しゅぜん》
お満《みつ》
保科《ほしな》 正之《まさゆき》
西山《にしやま》 勝太郎《かつたろう》

お綱《つな》
（徳川《とくがわ》　家綱《いえつな》）
工藤《くどう》　平次《へいじ》

平次は必死の形相で溺水者の身柄を陸へ引き上げると、その姿を検めた。
それは、綺羅《きら》錦繍《きんしゅう》に身を包んだ女性である。
間違いなく、大名家や高禄旗本のお姫様だろう。
明らかに町民ではない。

# 徳川料理人の事件簿 1

著：井の中の井守　イラスト：天音るり

## CONTENTS



ノクスノベルス

徳川料理人の事件簿

## 序幕 東京／江戸

東京二三区。皇居を擁《よう》する千代田区の夜は明るい。

地上を走るおびただしい数のガソリン車。鉄筋コンクリート造りのビル街。そして、人々がその手に握り締めるスマートフォン。

それらから放たれる人工の光が、地上を煌々《こうこう》と照らし出しているからだ。

人工の明かりを頼りにして、夜にも拘わらず、人々は右へ左へと動き回る。

ここは地上の楽園。金さえあれば飛ぶ鳥も落ちるワンダーランド。男と女の欲望が交錯《こうさく》し、今日もまた多くの紙幣《しへい》が人の手から手へと渡り歩く。

だが青年の手にはそれがない。怒りによって握られた拳は、路地裏の壁を殴りつけている。

「ふざけやがって……！」

彼の名前は工藤平次。二四歳、料理人見習いだ。

職場は日本橋の老舗《しにせ》レストランで、そこでのキャリアは今年で六年目になる。

人々は手軽にレストランへ食事に行くが、その料理を作る男や女の世界はつらくきびしいものがあった。なにしろ、下積みを一二年続けることでようやく見習いから足を洗えるのだから。

つまり平次は、ちょうど折り返し地点に差し掛かっているということになる。

料理人としての筋も良く、栄養学にも精通しているこの青年は、オーナーシェフの覚えもめでたい新進気鋭のホープとして期待されていた。

「あいつら、料理を一体何だと思ってるんだ……!!」

その仕事場で同僚たちと喧嘩《けんか》をし、平次は夜の街へ飛び出している。

喧嘩の理由はとても簡単。いわゆる『方向性の違い』というやつだ。

——レストランは金持ちの社交場であり、貧乏人は来るべきではない。

同僚たちは誰もがそう言っていた。

平次の夢は『安くておいしい手作り料理を振る舞うレストランを開くこと』だ。

手軽に訪れることができて、誰もが幸せな気持ちで帰っていくことのできる場所を作りたい。そんな願いを携《たずさ》えて、これまで修行を積んできた。

だが、そんな願いを同僚たちは嘲笑《あざわら》う。やっかみや嫉妬《しっと》、僻《ひが》みもあったのだろう。無能がしばしばするように、自分より優れた者を小馬鹿にしてマウンティングしようとしてきたのだった。

——一流のシェフが、金持ちを相手に手作り料理を振る舞うのがレストラン。

——工場で大量生産された冷凍食品を解凍して振る舞うのがファミレス。

——お前のしたいことはファミレスの領分であって、邪道そのもの。

——俺たちは金持ちを相手にして、ひたすら儲けるのが仕事である。

平次からすれば耳を疑うような発言の数々が飛び出し、ゆえに怒ったわけだ。

食事の場には絶対に拝金主義を持ち込んではならない。そんな若い義憤を抱いた青年は、同僚たちとの口論の末、いまこうして彷徨《さまよ》っている。

「表向きには『おもてなしの心は和の心』と言っておきながら、裏ではひたすら金の話ばかり。本当に、腐ってやがる……!!」

平次は壁をまた殴りながら、歯を食いしばった。

夜の千代田区には車のクラクションや救急車のサイレンが鳴り響いている。

そういった不快なノイズは青年の心をいたずらに苛立《いらだ》たせた。

どうしようもなくくそったれな時代だと思う。地上に満ち溢《あふ》れる光によって、現代社会ではまともに星々の煌《きら》めきを見ることすら叶わない。

貨幣や金銭によって支配された楽園《にほん》では、夢や希望は星の輝きを見ながら語られるものではなく、札束を勘定しながら語られるものになっていた。

「きっと昔は、そうじゃなかったんだろうけど」

鉄紺色の空を見上げながら、平次は大きくため息をついた。

東京。かつてこの地が『江戸』と呼ばれていたことは、良く知られている。

平次は日本史にそこまで詳しい訳ではないが、時代劇や歴史小説のなかで描かれる江戸時代のイメージは、良くも悪くも『人情第一』だった。

もちろんそれらはフィクションの世界であり、現実とは大いに違うのだろう。

だがしかし、それでも、いまの平次にとっては——お金の関係に終始する現代社会よりも、人と人との関係によって成り立つ前近代社会の方がよっぽどマシなように思えてしまう。

「江戸時代なら、俺の夢も馬鹿にされずに済んだのかもなぁ……」

平次はそんなつぶやきをもらしながら、ふらふらとまた街を彷徨いはじめた。

されど、それが良くなかったのだろう。

街灯の明かりすらまともに届かない路地裏。

そこにぽっかりと空いたマンホール。

光の届かぬ深淵の縁に足を取られ、凄まじい勢いで顔面を強打。そのまま平次の身体は下へ下へと落ちていく。

それを見ている者は誰もいない。観察者がいるとすれば、それは夜空を飾る星々くらいだろう。

◆◆◆

走ったのは名状し難き激痛。

思わず叫ぼうとした平次だったが、声を上げようとしたその瞬間に――痛みがすっかり消えてなくなってしまった。

そう、消失したのだ。和らいだのではない。消えてなくなってしまったのである。

（一体、なにがどうなってるんだ……？）

状況をいまいち把握できていない平次だったが、自分が何をされているのかは理解していた。

そう、入浴させてもらっているのである。

ベタベタに汚れている全身を、優しく丁寧に清めてもらっているのだ。

（ああ、くそっ……目もまともに動かない……）

目蓋を開けるのすら一苦労。そのうえ、視界は黒・白・灰の三色で支配されていた。視点のピントすら、まともに合わすことができずにいる。

（もしかして、頭を打った衝撃で眼がおかしくなったのか……？　痛みを感じないのも、もしかして脳が異常を起こしているからで……）

そう思った瞬間、とてつもない不安に襲われる。

自分が一体どうなってしまっているのか。それを問い掛けようとして――

「あう、あぅあー！」

――平次は、自分が喃語《なんご》しか話せないことを自覚した。

それだけではない。身体もまともに動かせないのだ。

（どうなってるんだ……!?）

流石《さすが》に混乱するが、聴覚だけはまともに機能してくれているらしい。

頭上で、複数の女たちが言葉を取り交わしているのが聞こえてくる。

「あら、よかったわね。この子、ちゃんと泣けるみたいだわ」

「いやぁ、本当によかったわぁ……すぐに絞《し》め殺さなくて」

「きっと寡黙《かもく》な父親《せんせい》に似たんでしょうねぇ」

何やら物騒な会話だった。だが、どうやら自分は殺される一歩手前だったらしい。

お湯に浸されて身体を布のようなもので拭われながら、ひたすら言葉を投げ掛けようとする。

されど口から出てくるのは『あう！』だとか『だうー！』といった情けない声ばかり。

「ほら、お満《みつ》さん。しっかり抱いてあげなさいね。大切な跡取り息子なんだから」

そして自覚した。今の自分は、女性の手で簡単に持ち上げられてしまうほど軽いということを。

一瞬の浮遊感。次いで感じたのは、温かくて柔らかい弾力ある肌の存在。

どうやら平次の身柄は、この餅《もち》肌の女性に委ねられたらしい。

「あぁ……この子が、私の赤ちゃんなのね……」

なんということだろう、自分は『赤ちゃん』と呼ばれる存在らしい。

（いや、赤ちゃんってどういうことだ。いや、嘘だろ……まさかそんな……）

とはいえ、もう頭ではしっかりと理解していた。感情として受け入れたくないだけだった。

目がまともに使えず、話すこともままならないこと。

先ほどの『跡取り息子』という発言と、今しがたの『私の赤ちゃん』というセリフ。

これで気付かない方がおかしい。どうやら平次は、この餅肌の女性が産み落としたばかりの赤ん坊になってしまっているようだ。

「ほら、お満さん。はやくお乳を飲ませてあげないと」

「そうね、そうよね……」

お産をしたばかりでかなり疲れているのだろう。声を聞くだけでも相当しんどそうだ。

だが、平次を撫でる手はとても優しい。まるで壊れものを触るように愛おしんでいる。

そして彼女は、平次の口にゆっくりと何かを押し付けてくるのだった。

「ほら、たくさん飲んで……大きくなるのよ……」

「あぅ!?　だぅうー!?」

状況がまるで分からぬまま、ただ流されているだけ。

だがそれでも、分かっていることがあった。

平次は赤ん坊であり、ゆえに母乳を飲むしか生き延びる術はないということを。

(俺は一体、どうなるんだ……)

味などとうの昔に忘れてしまっていた母乳。それをひたすら飲みながら、平次はとてつもない不安に襲われるのだった。

# 第一幕　青年／謎の美女

八月も中頃となり、秋の到来が間近に迫っている。

だが万治元年（一六五八年）の日本は、全国的に猛暑日が続いていた。

残暑が夕刻にも残っており、労働をやめた町民たちの肌に汗の雫《しずく》を浮かび上がらせている。

「先生、どうもありがとうございました」

いかにも急造といった具合の粗末な家の前で、たぬきを思わせる丸っこい女性が頭を下げた。

「これで旦那も良くなってくれたらいいんですけど」

「心配しなくても大丈夫です、間違いなく良くなりますから。先ほどお出しした料理を食べさせて精を付ければ、すぐに治りますよ」

「……ですが、本当によろしいんですか？」

どんぐりまなこをくりくりとさせながら女性は尋ねた。

「料理の作り方を教えて下さって、あまつさえ他の人に振る舞ってもいいだなんて」

「問題ありません」

女性に相対する青年は、微笑を浮かべながらうなずいた。

「そばがきが広まれば、それだけ皆の健康状態が良くなります。いまの江戸にはそれが必要だし、なにしろお新《しん》さんだって商売をしなければ生きていけないのだから」

「本当に、ありがとうございます」

深々と腰を折りながらお新は言った。

「このご恩は、いつか必ずお返しいたしますから」

「気にしないで下さい。俺が好きでやっていることですから」

それではお元気で——男は頭を下げてから、身を翻して彼女の前から立ち去った。

周囲に立ち並ぶ家々は、どこもお新の家と同じような急造模様。

とはいえ、スラムという訳ではない。裕福な商人や高禄の武家が住まう地域を除いて、いまの江戸ではどこも同じような景色が続いている。

「とはいえ、以前と比べればよっぽどマシになったけどな」

そうつぶやきながら、平次は自宅の方向へ歩を進めていく。


これまで四〇万に及ぶ人口を擁し、繁栄していた世界的な大都市・江戸。

その姿を大きく変えたのは、昨年の明暦三年（一六五七年）一月一八日から二〇日にかけて発生した『明暦の大火』と呼ばれる大火災だった。

この火事によって江戸の市街地はほぼすべてが焼滅《しょうめつ》。一〇万人に及ぶ死者を出し、二〇万人以上の負傷者を出している。

要するに人口の四分の一が喪《うしな》われ、生存者の三分の二が重軽傷を負っているという悲惨な状況なのだった。

「俺がもう少し日本史に詳しかったら、この大災害を防げたのかな」

周囲はうっすらと昏《くら》くなりはじめ、カラスの鳴き声がわびしく響いている。

その物悲しい空に、青年のため息が吸い込まれていった。

「いや、そんなことを考えても仕方がないか」

そんなつぶやきをもらしたこの男こそ、江戸時代に転生した平次その人だった。

あれから既に一九年の歳月が経っており、壮健な若者に成長している。

職業は医師。というのも、この世界の父親が生業として医業を営んでいたからだ。

平次は彼から既に免状を受けており、独立開業することも可能だった。

しかし諸般の事情から独立はしていない。今回のように往診の代行など、父親の仕事を手伝いながら日々を過ごしている。

「しかし、どうしたものかな」

平次は背後をちらりと振り向く。

視界には一定の距離をあけて付いてきているごろつきの姿が見えていた。

端的に言って、江戸は治安が悪い。

元々さほど良くもなかったのだが、ここ最近では更に輪を掛けてひどいものになっている。

町奉行所をはじめとした幕府の治安維持機構はまともに機能しておらず、江戸の住民は結束して自衛にあたる他にない状況なのだ。

とはいえそれは、幕府が無能であることを意味しない。

彼らは江戸の居住環境の再建に注力しており——急造とはいえ、庶民の家が立ち並ぶようになったのは、行政の援助があってこそだった。

幕府は江戸城の修理よりも城下町の復興を重視しており、そういった意味では分業体制が敷かれていると言っても良い。

事実、町民のなかで幕府のことを悪く言う者はほとんどいなかった。憂《う》さ晴らしに政権批判をする者がいても、その政権が消えてなくなることを望む者はいないのだ。

(このあたりはまだ人の目もある。人を救う立場の医者が、人を殺すための刀を抜くのは避けた方がいいだろう)

あくまでも建前でしかなかったが、平次はそう判断して人通りの少ない場所へと進む。

そして立ち止まり、訊いた。右手は刀の柄にある。

「……用件は？」

「分かっているだろう？　身ぐるみすべて、置いて行ってもらう」

それは実に聞きなれたフレーズだった。

救いようのない連中はいつの時代にも大勢いるのだと痛感させられる。

平次は素早く駆け出した。背後から殺気と共に足音が追いかけてくる。

大人しく彼らの指示に従ったところで、最後の最後に殺されることは分かっていた。あるいは強姦被害に遭《あ》うということも。

江戸における性愛の対象は、現代社会以上に男女の差がないのだ。

「弱肉強食、殺さなければ生き残れない」

平次は裕福な商家が再建した蔵のなかへ飛び込み、呼吸を整える。

再建自体は終わっているものの、扉の鍵をまだ取り付けていないという蔵は多い。

その理由は他でもない。明暦の大火によって、大勢の錠前職人が死んでしまったからである。

江戸は至るところで圧倒的な人手不足に悩まされているのだった。

「生きるためには、手段を選んでいられないこともある」

平次は大きく息を吸い込んだ。

蔵の暗がりのなかでスラリと刀を抜く。無銘の刀身がきらりと光り、生のやりとりが間近に迫っていることを告げている。

平次は扉の真横、侵入者にとって死角となる場所に立つ。

刹那、蔵のなかにごろつきたちが不用意に入り込んできた。

大将格の男を先頭に、ふたりが左右に分かれて続く。逆三角形のフォーメーションだ。

その集団に、平次はすぐさま真横から刀身を煌めかせる。

死角からの攻撃に彼らがあらがう術はない。

多人数をあてにして、無思慮に勝利を確信していたのだろう。それが致命的な差となった。

「ぎゃっ!?」

肉が裂かれ、盛大な悲鳴が蔵のなかで反響する。

平次が真横に薙いだ一閃は、手近な男の首筋を切断。勢いよく血液を重吹《しぶ》かせていた。

致命傷を与えたことを指先で感じると、そのまま男に思いっ切り身体をぶち当てる。

血を撒き散らしながら倒れた仲間を見て、平次の正面に立つ男がたじろいだ。

その間、平次は刀の切っ先を真横に突き出している。

刀身は大将格の男の脇腹を刺し貫《つらぬ》いており、平次はそのまま刀をねじった。

「ぎゃあぁあぁっ!!」

凄まじい悲鳴を意に介さず、刀を勢いよく引き抜く。それだけで戦闘力を奪うには十分だ。

目前には、先ほどたじろいでいた――この場で唯一負傷していないごろつきが迫っている。

「貴様ぁあぁあぁあぁっ!!」

ごろつきの振り下ろした素直過ぎる太刀筋を、平次は身体を反らすだけで躱《かわ》す。そして彼の胸元に飛び込み、溜《た》めていた両手を一気に突き出た。

「げぶっ」

男の胸に深々と刀が突き刺さり、貫通する。

名状し難きうめき声を聞き、噴出する血潮を浴びながら、平次は嫌な感触を覚えていた。

突き刺した刀身が、骨の変なところに引っかかってしまっているのだ。抜くことは困難だろう。

「困ったな。コソ泥の真似をするつもりはないが……まぁ、迷惑料だと思っておこう。ごろつきが武器を持っていたらろくなことがないし」

事切れた男を蹴り飛ばしながら、平次は脇腹を刺されて悶絶《もんぜつ》している男の刀を奪い取る。そして蔵の外に出ると、かつて父親の患者だった町人の家に入った。

事情を説明するまでもなく、町人は事情を察したのだろう。

蔵の場所を聞くと、深々とため息をついた。

「災難でございましたな、膳医様。そしてその男たちも」

「たしかにそうかもしれない」

平次は苦笑する。

「襲う相手を選ぶべきだった。まさか医者に殺されるとは思わなかっただろう」

平次はため息交じりにそう言って、町人に後始末を頼んだ。

そして帰路とは異なる方向に歩を向ける。

これから脇腹を刺し貫かれたごろつきは、町方たちに身分を検《あらた》められることになるだろう。

もし知り合いがいれば『仕置き』の後に解放される。治療も施されるはずだ。よそ者の場合はそのままリンチされて殺されるか、江戸町奉行所の牢に繋がれることになっていた。

復興のただなかで生きる町民は、自衛のために、そんな秩序を形成しているのである。

「まぁ、俺が知らない時点でよそ者であることは確定しているんだけど」

冷めた声で平次はつぶやく。

現在の職業は医師だが、幼少期から剣術を叩き込まれている。

諏訪鶴翼流の免許皆伝すら受けている身であり、素人が喧嘩を売るなど狂気の沙汰ではない。

その平次に戦いを挑むということは、要するに、部外者だと公言するようなものなのだ。

「それにしても、どうしようもないな」

平次は自嘲《じちょう》気味に呟《つぶや》く。

「庖丁ではなく刀を握り、魚ではなく人を捌《さば》き、その手で患者に治療を施す……」

僅《わず》かに開いた口の隙間《すきま》から「ははっ」と乾《かわ》いた声が漏れた。

「どう足掻《あが》いても料理人にはなれそうにないな」

転生前の自分が強く願っていたこと。安くて美味しい手作り料理を振る舞うレストランを開くという夢から、どんどん乖離《かいり》していく自分がいる。

だが、その状況を打開する道筋はまるで見いだせていなかった。

「もっとも、生きているだけ儲《もう》けものなのかもしれないけど……」

あの時、死んでいたはずの平次は大きくため息を吐き出す。

「それでも、心がもやつくのは仕方がない」

全身から漂う汗と血の臭いに辟易《へきえき》しながら平次は歩き続ける。

このまま帰れば、母親の大顰蹙《だいひんしゅく》を買うことになるだろう。

着物はどうしようもないとしても、身体に付着している体液は落とす必要があった。

かくして内神田にある桜ヶ池に到着。ここは後に『お玉ヶ池』と呼ばれる、周囲約二キロに及ぶ巨大な天然池である。

されどこの池は、一九世紀後半に、劣悪な宅地事情を解決するために埋め立てられてしまった。

そのため、現代の地図からは姿を消してしまっている。

いずれにせよ、平次はこの天然池で水浴びをするつもりだった。身体にまとわりついている不快感をすべて洗い流したかったのだ。

「それにしても、この辺りは本当に何もないよな……」

思わずそんな感想がこぼれ落ちる。

江戸を焼き尽くした大火は市街地を焼き払ったが、江戸の宅地自体は密集していたため、その周辺に残る自然には被害をほとんど与えていなかった。

桜ヶ池もそのひとつだ。草木も豊かで、水面には蓮の葉がこれでもかと浮かんでいる。カエルたちがゲコゲコと大合唱しており、虫たちもメロディを奏でていた。

情緒深い、江戸の原風景である。

(こればかりは、現代より江戸の方が良いよな……ビルや排気ガスだらけの社会は不健康だし)

それに森のなかだ。人目をはばかる必要もない。

平次は素早く着物を脱ぎ捨てて、手頃な木に引っ掛けた。

そして褌《ふんどし》も捨て去って全裸になる。

剣術を修めていることもあり、引き締まった身体つきをしていた。

その壮健な若い肉体が疾走する。柔らかい若草を踏み締めて、大きく跳躍《ちょうやく》。

次の瞬間には、ドボンと大きな水飛沫を上げて桜ヶ池に着水している。

「あー……たまんねぇなぁ……!」

先ほどまでの憂鬱《ゆううつ》な気分が消えてなくなるほどの愉悦だった。

頭頂部まで池に浸かると、髪《かみ》のなかに籠っていた熱気が水に溶けていく感じがする。

水面に浮上して、激しく首を振る。そして顔に残っていた水を両手で払ってから、平次は歓喜のため息をもらした。

汗だくの火照った身体が冷やされていく爽快感《そうかい》。これが嫌いな人はまずいないだろう。

(生まれたままの姿で池に浮かんでると、色んなことを忘れられるし)

平次は全身から力を抜いて、蓮の葉に囲まれながらぷかぷかと浮いている。

葉っぱの上にはカエルが鎮座しており、目の前に現れた人間のことを観察していた。

桜ヶ池の生き物たちは図太い性格をしていて、危害を加えない限り逃げることはない。

だが、そのカエルたちが一斉に水面へと跳ねた。突如として大きな水音が立ったのだ。

(なんだ、俺以外にもこの池に来た奴がいるのか……)

きっと町人の誰かが、寝る前の暑気払いにやってきたのだろう。

そう思って気にも留めなかったのだが、やがて事態が不穏であることに気付かされた。

(まさか、この感じ……溺《おぼ》れているのか?)

バチャバチャともがくような水音。

明らかにおかしかった。絶対におかしかった。助けなければいけないだろう。

すぐさまそう判断した平次は、蓮の葉を掻き分けて泳ぐ。

すっかり暗くなっているが、視界に映る人影は——確実に溺れている様子だ。

「おい、大丈夫か!?」

だが返事はない。どうやら意識を失ってしまったようだ。

まずい、これは非常にまずい。
平次は溺水者の着物を即座に摑むと、岸へと引き上げようとしたのだが——
「ぐぉ……っ、重……っ⁉」
——その凄まじい重量に、思わず声を上げてしまった。
どうやら着衣が水を吸ってしまっているらしい。
されど弱音を吐く余裕はない。わずか数秒で、助かるか助からないかが決まるのだ。
先ほどのごろつきとは事情が違う。絶対に助けてあげなくてはならないだろう。
「ぐ……う……っ」
平次は必死の形相で溺水者の身柄を陸へ引き上げると、その姿を検めた。
それは、綺羅錦繡《きらきんしゅう》に身を包んだ女性だった。
間違いなく、大名家や高禄旗本のお姫様だろう。明らかに町民ではない。
「あぁ、くそ……っ、息をしていない……！」
既に日が落ち、周囲は暗くなっている。
そのため相手の顔付きを確かめることはできない。
(背に腹は代えられないか……！)
平次は覚悟を決めた。しゃがみ込み、顔も分からぬ女性の唇に——己のそれを重ねた。
キスではない。人工呼吸のためだ。
唇を重ねた瞬間に感じたのは、池の水に独特な生臭さ。

お歯黒の金属臭がしないあたり、未婚女性なのだろう。

(そうなると色々と後が面倒臭そうな……いや、そんなことを考えてもしょうがない)

かくして人工呼吸を繰り返すこと数回。ようやくお姫様の喉奥から水が吐き出された。

意識が戻り、咳《せき》込みはじめた彼女の顔を横向きにする。気道へ水が入らないようにするためだ。

それから、憔悴した様子の女性の着物に手をかけた。

邪《よこしま》な意図がある訳ではない。濡れた着物のままでいると、衰弱している溺水者の体力が奪われてしまうからだ。

「あ……うぅ……っ」

お姫様は荒くぜいぜいと肩で息をしながらうめき声を上げている。

肌の艶やかさや体格から判断するに、歳は一八くらいだろうか。

(嫁入り前のお姫様の唇を奪って服を脱がすとか、冷静に考えれば打ち首モノだよな……)

だが、この女性の命を救うと決めたのだ。殺されることがあれば、その時はその時だろう。

決意を固めた平次は、帯紐を手慣れた手つきで解き、襦袢《じゅばん》まで割り開く。

そして衣類から両腕を外させると、腰巻や足袋《たび》も含めて一切合切をはぎ取った。

薄暗いなかでもはっきり分かるレベルの色白具合だ。

身長は五尺三寸(約一六一センチ)ほどだろうか。

背中に厚みのない、痩《や》せ型。にもかかわらず、胸部には立派な双丘を実らせている。

いまは左右に分かれて重力で潰《つぶ》れているが、かたちも美しい。子供を産めば、きっとたくさんの乳を与えることができるだろう。

両腕は細くて力強さの欠片もない。手先はすらりとしていて、すべすべだ。

腰は摑《つか》めば折れてしまいそうだが、お尻は安産型でむっちりと豊かに実っている。

両足はすらりと長く、胴よりも長い。日本人にあるまじきモデル体型だ。

太ももは肉付きが薄く、肉々しさは皆無と言って良いだろう。

お腹もほっそりとしているのが気にかかった。

きっと日の下で見れば、脇腹にはあばら骨がうっすらと透けて見えてしまうのではなかろうか。

(胸とお尻の発育具合でだまされそうになるけど、随分《ずいぶん》と不健康な身体だな……)

平次は男ではなく、完全に医師の目でお姫様を観察していた。

医師が患者に欲情するなどあってはならず、厳に戒《いまし》められねばならない——現代にいた時から正義感が強かったこともあり、そんな職業倫理を平次は抱いている。

江戸時代においても、悪徳とは完全に無縁だったのだ。

「げほっ、けほっ……うぅ、けほっ……」

平次の手によって、野外で全裸にされてしまったお姫様。彼女はつらそうに咳込みながら、一生懸命に息を整えようとしている。

結い上げられていた髪の毛は、当然のことながらすっかり乱れていた。

その乱れ具合が情事のあとの女性を連想させて、なんとも艶めかしい。

ちなみに大名家の姫君たちが髪の毛を結い上げはじめたのは、先年の大火以来のことだ。

火の手は江戸城まで及び、天守閣が焼け落ちるなどの甚大《じんだい》な被害をもたらしたが――その避難の際に、伝統的な垂髪《すいはつ》は極めて不利に働いたらしい。

昔ながらの髪形は、走る時に邪魔で仕方がなかったようだ。要するに、火事が女性の流行《モード》を変えたということになる。

「あっ、あなたは……げほっ、だっ……誰、なのです、かっ……げほっ、けほっ」

ようやく言葉を発することができるようになったお姫様が声を上げた。

そこには警戒と恐怖の色が濃く滲《にじ》んでいる。

彼女からすれば、平次は見知らぬ男に他ならない。その相手にいきなり素っ裸にされたのだから、貞操の危機を覚えても無理からぬ話だろう。

(助けてもらったことへの感謝より、暴行を受けることへの恐怖心が上回ってしまうのは仕方がないことだし)

というのも、武家の女性は町人とは異なり、裸というものに対する価値観がまるで違う。

町の女たちは基本的に開けっ広げで、乳房や乳首を見られたところで羞恥《しゅうち》心を覚えない。対して武家の女たちは裸を見られることに強い苦痛を覚え、屈辱だと感じる傾向にある。

要するに、身体に対する意識が文化レベルで断絶しているのだ。

往診で武家の人妻を相手にすることもある平次は、そのあたりのことを熟知していた。

(それに、この人は未婚女性なんだ。ここで貞操を失いでもしたら、舌を嚙《か》みきって自殺する以外に道がなくなってしまう)

従って平次にできることは、身分の提示と着物を脱がした理由の開示だった。

素性と意図を告げることで、相手を安心させねばならない。

平次は紳士的に、優しい声で語り掛ける。

「名乗りもせず、大変失礼致しました。俺は日本橋界隈の本船町で医師を務めている者です」

「……お医者、さま？」

「はい。この池で水浴びをしていたところ、偶然あなた様が溺《おぼ》れている現場に出くわしましたので、急いでお助けした次第」

「……」

「濡れた着物はすぐに脱がねばなりません。着続けていればお風邪を召してしまいますから。どうかご理解頂ければ」

「……それは、どうもありがとうございます。心よりの感謝を……けほっ」

どうやらあっさりと納得してくれたようだ。お姫様は噎《む》せ込みながらもお礼を言ってくれる。

高禄旗本のお姫様となると、町人を見下していることが多い。

助けてもらってもお礼を言わない者も多く、目の前の女性がそういった手合いの人間でないことは——幸いだったと言っても良いかもしれない。

（だけど、随分と物分かりがいいな。理解力がいいのか、それとも温室育ちで『ＹＥＳ』しか言わないように育てられているのか……）

いずれにせよ、どちらでも良い話ではあった。とにかく、命を助けられたのだから。

「ご無礼を働きます。お許しください」

色白美肌にほつれ髪。細身の身体に実る美乳。くびれた柳腰からすらりと伸びる美脚。

濡れた肢体をくねらせ恥じらうお姫様に近付くと、平次はスッと抱き寄せていた。

「きゃっ……!?」

触り心地は極上だった。さながら上質なシルクのような肌だ。

しかし性的な目的のために触れたのではない。

彼女を抱き上げると、カエルの大合唱をBGMに歩き出す。

「あ……あっ……」

お姫様はあまりの衝撃に、思考がまるで追いつかないのだろう。

平次に抱き上げられた状態で、身を固くして無抵抗のままでいた。

じたばたと抵抗されなかったのが救いだ。もし暴れられたら、彼女の身体を落としてしまう危険があったからだ。

打ち所が悪くて傷を負えば、破傷風になりかねないのである。

「臭うと思いますが、申し訳ございません」

平次は木にひっかけていた自分の着物を着せると、自分は褌を締めた。

「あっ、あなたは……あの、その……」

混乱し、狼狽しているお姫様。さもありなん、彼女にとっては急転直下の状況なのだから。

だが、平次は彼女の困惑を意図的に無視した。

お姫様のびしょ濡れ衣装を茂みの中に隠すと、その細身の身体をひょいっと背負う。
そして女らしい肢体の触感を背中に感じながら、足早に自宅へとむかっていった。
どうして高貴な女性が溺れていたのか、その理由を問うつもりはない。
誰しも、深入りしない方が良い事情というものがあるのだから。

# 第二幕　本舩町／雨の中で

『女心と秋の空』ということわざがある。女性の気持ちは移り気で、秋の空のように変わりやすいというものだ。

とはいえ、変わりやすい空は秋限定ではない。夏の空も安定さを欠くことが多い。

桜ヶ池で溺れていた身元不詳なお姫様を背負い、本舩町にある自宅兼診療所に駆け込んだ時には――ぽつりぽつりと小雨が降りはじめていた。

そしていまや、東南アジアのスコールを思わせる土砂降りになってしまっている。

「すごい降りようだな、これ……」

爆音と共に、復興のさなかにある江戸の町並みを打ち据える大粒の雨。

長屋が立ち並ぶ江戸の街路は、現代とは異なってコンクリート舗装《ほそう》がされていない。

そのため、大雨が降ればたちまち泥沼と化してしまう。

もうすでに、街路からは濃密な泥の匂いが漂ってきている。

それを嗅《か》ぎながら、平次は炊事場での作業の手を止めていた。

窓越しに外を眺めながら、先ほど診療所を飛び出していった父親のことを案じている。

「大丈夫かな、父さんは……」

この時代における平次の父親は、日本橋界隈では並ぶ者なしと称される名医だった。

御家人や旗本とも付き合いがあり、運び込まれたお姫様を見るや否や——即座に貴人だと見抜いたらしい。

何か面倒ごとに巻き込まれてからでは遅い。そう語った彼は、平次からことのあらましを聞いた後、すぐさま北町奉行所へと向かったのだ。

「まさか、こんな土砂降りになるとは思ってなかっただろうし」

街路が泥となり液状化している以上、どこかで雨宿りしなければ、奉行所まで辿り着くことすらできないだろう。

そんなことを考えていた平次のもとに、お姫様の容態を観察していた女性が近付いてくる。

「平次さん、少しよろしいかしら」

「ああ、母さん」

いかにも人妻然とした容貌の彼女は、今年で三五歳になるお満だった。

彼女は医師である夫と息子と共に、日本橋界隈の医療の主軸を担っている。

現代で例えるならば、看護師ということになるだろうか。

先年の大火災の時にも、逃げることなく負傷者の手当てを行った女傑でもある。

ちなみに、若い頃には江戸の美女番付で大関にもランクインした器量よしだ。

恐ろしいことに、その美貌は平次を産んだ一六歳の頃からまるで変わっていない。

「ひとまず、身体に大きな外傷はなし。でも、池の水をたくさん飲んでしまったみたい。それが気がかりだわ……」

「池の水の飲み過ぎか……」

「ええ。先ほど厠《かわや》でいっぱい吐かせたから、良い方に転がってくれればいいのだけど……」

お満は平次の耳元に口を寄せ、ひそひそと囁《ささや》いた。

「あの方、明らかに良いところの人じゃないの……」

「やっぱり、母さんもそう思う？」

「だって、あの方はひとりでお小水もできなかったんだもの。それで明白だわ」

「そうか……」

平次は思わずうなった。

江戸時代のお姫様たちは、基本的になんでもかんでも他人にやってもらうのが常である。食事の際に魚の骨を取ってもらうのは普通だし、トイレに行って用を足した後——その部分を侍女に拭いてもらってもいた。

まさしく町民からすれば浮世離れした生活なのだが、それ故に、医療従事者が相手の素性を見極めるポイントのひとつにトイレ事情が挙げられるのだった。

「それに、何をするにしてもお上品だもの。平次さん、あなた、変なことに巻き込まれないと良いわね」

「変なことを言わないでくれよ、母さん」

平次は思わず身を震わせながら言った。

「俺はただ、あの人を助けたかっただけで……それ以上の厄介は御免だよ」

平次が応答した、まさしくその瞬間だった。不安げな表情を浮かべながら、寝かせていたはずのお姫様が部屋から抜け出してきたのは。

その気配を迅速に察知した平次は、直ちに母親との会話を中断して彼女に向き合った。

「おや、大丈夫ですか？　寝ていた方がよろしいと思いますが」

「けほっ……あの、いえ……その、お医者様……」

どうやら聞きたいことがいっぱいあるらしい。

付き合う他にないだろう。そう判断した平次は、改めて彼女の姿を見検める。

既に時刻が酉の刻（午後六時）を大幅に回っていることもあり、周囲は真っ暗だ。

従ってお姫様の姿を浮かび上がらせるのは、室内の薄ぼんやりとした灯籠の光だけ。

そして目前の光景は、まさしく幻想的な美しさだった。

その色は美しく、艶やかな濡羽色。病的に白い肌が良く映える色合いだ。

はじめてまともに見た小顔は目鼻立ちもよく整っている。

現代社会で生きていた頃も含め、平次が見てきたなかでは随一の、薄幸系の美貌だった。

目元には長い睫毛《まつげ》の影が差しており、ブラウンの潤い豊かな瞳は不安げに揺れている。

「その、あのっ……けほっ、けほっ」

「大丈夫です。どうか落ち着いて下さい」

「申し訳ございません……ですが、けほっ、お伺いしたいことがございまして……」

一体なんだろうか。平次は母親と顔を見合わせてから、これでもかと厚着させられているお姫様の側に近寄った。

彼女を座らせ、咳込んで苦しそうな背中を優しく撫でていく。

すると幾らかリラックスできたのだろう。

空咳は治らないものの、ゆっくりと言葉を紡ぎはじめた。

「その、あなたのお名前を、けほっ……お伺い、したくて」

「俺の、名前ですか？」

そう言えば、職業については話したものの——まだ名乗っていなかったことを思い出す。

「これは失礼致しました。俺は平次と申します」

「平次様、平次様と仰るのですね」

「はい。そしてここは本船町の診療所です。先にお話した通り、私の職場ということになります」

「あ……っ、そういうことでございましたか」

ようやく安心できたのだろう。咳込みながらも、儚《はかな》く美しい微笑を浮かべている。

それは舞い散る桜のようで、直視してしまった平次はどきりと胸を高鳴らせることになった。

(命を救うために必要不可欠で、人工呼吸だったとはいえ……俺はこんなにも美しい女性と唇を合わせていたのか)

そう思うと、なかなか気恥ずかしくなってしまう。

平次は女性と性交渉の経験がなかった。現代では料理一筋だったし、江戸に転生してからは医師としての修業だけでなく、剣の稽古にも励んでいたからだ。

「では、こちらが……けほっ、平次様のお屋敷でもあるということなのですね」

「正しくは父上の、ですけれども」

平次はそう答えながら、お姫様がまったく警戒心を抱いていないのを察する。

窮地を救った相手だからなのか、裸にした彼女を手籠めにしなかったことへの信頼があるからなのか——どちらにせよ、天女のようなお姫様は平次だけを見つめて一生懸命に口を開いている。

「まぁ、そうでしたか……けほっ、けほっ。お父上様がご存命でいらっしゃるとは、なんという僥《ぎょう》倖《こう》。あの大火災の後でございますから、神仏に感謝せねばなりませんね」

胸元で嫋《たお》やかに両手を合わせながら、お姫様は言う。

「このような不躾な質問をお許し下さい。お母様もご無事でございますか？」

「ええ、そちらにおりますのが私の母親です」

「あ……っ、けほっけほっ、それは大変失礼なことを申しました。お許し下さい」

目をまん丸にしたお姫様は、驚きのせいか、ひどく噎《む》せ込みはじめる。

その薄い背中を撫でながら、平次は彼女のことを労《いた》わった。

「その、大変にお若く見えましたから……けほっ、わたくしはてっきり、平次様のお姉様なのかと思い込んでおりまして……」

「あら、あらあら、いやねぇもぉ……」

貴人を相手にして、蓮っ葉な言葉を散らすお満。

平均寿命は五〇歳で、仕事の引退と隠居生活は四〇歳という江戸時代に生きる彼女である。

どうやら自分が『若い』と言われたことで、かなり喜んでいるようだった。

「そして本船町……ええ、存じ上げております。江戸に集められる魚介類を城に納め、市中での商いも担う食の中心地でございますから」

「随分とお詳しいのですね」

平次が感嘆の声を漏らすと、お姫様はうなずいた。

「はい。かの権現様が江戸入府の際に、上方《かみがた》の森孫右衛門とその郎党に漁業を営むように命じた土地でもございます」

ちなみに、上方とは京を中核とした近畿地方のことを指し、権現様とは江戸幕府の初代征夷大将軍・徳川家康のことを意味する。

「それに本船町の診療所と言えば、他でもありません。あの大火の際に多くの負傷者を一手に引き受けて、一歩も引くことがなかった名医とその家族のいらっしゃる場所。わたくしは江戸の民を代表し、あなた方に感謝しなければならない身なのです。知らないはずがありません」

お姫様はそう言って、静かに腰を折った。

そしてここに至り、身元不詳の彼女の立場は明言されたも同然だろう。

(きっと幕閣の方の娘なんだろう。もしかすると、徳川一門の松平家のお姫様かもしれない)

いずれにせよ、高禄旗本クラスの女性が『江戸の民を代表し』などという大きなことを言うはずがないのだ。平次の背筋に冷たい汗が流れる。

目の前にいる女性は、当初の予想を上回る超重要人物なのかもしれない。

「その、姫様……」

「はい、何でございましょう」

平次の呼び掛けに、彼女は抵抗なく応じた。

つまるところ目の前の女性が、『姫』と呼称される階級に位置することが確定されたのだ。

お満の顔が引き攣《つ》っていくのが見える。これはもしかすると、奉行所の人たちが来る前に対処した方が良いのかもしれない。

「大変に失礼な質問で恐縮なのですが……」

「構いません。どうぞ仰って下さいませ」

お姫様はふわりと微笑んだ。

その美しい笑みに一瞬見とれながら、なんとか言葉を絞り出す。

「というのは他でもありません。姫様のお名前とご住所をお教え頂けませんか？　雨が止み次第、すぐにお送りいたしますので」

平次の言葉を聞いた途端、お姫様は表情を曇《くも》らせた。

言っていいものか悪いものか、天秤に掛けているのだろう。

その答えは、やや間をおいて発せられることになる。

「申し訳ございません……けほっ、お答えできません。わたくしの素性を明かせば、ご迷惑をおかけすることになりますから」

「そう、ですか……」

要するに、身元不詳のまま取り扱って、知らぬ存ぜぬで万事押し通せということだ。身元を知らずに接していれば許されることが、知った途端に許されなくなることがある。それが世のなかというものだ。

顔をしかめた平次に、お姫様は慌てて付言した。

「で、ですが……呼び名すらないとご不便であろうかと思います。ですからどうか、わたくしのことは『綱』とお呼び頂ければ」

「お綱様、ですか」

「はいっ……そうお呼び下さいませ」

天女のようなお姫様は嬉しそうに応じる。

そして平次のことを、しっとりと潤んだ瞳で見つめながら口を開いた。

「今は、身元を教えることは叶いません……。ですが、いつか……いつかきっと、平次様のご恩に──あっ」

話の途中、ぐらりと身を崩した少女を抱きかかえる。

立ちくらみ、あるいは貧血だろうか。とても顔色が悪い。

そして平次の胸のなかで、お綱は咳込みながら、申し訳なさそうに言った。

「申し訳ございません……けほけほっ。わたくし、すぐに血の気が失せてしまいまして……」

「いえ、お気になさらないで下さい」

医師然とした態度で応じながら、色白のお姫様の顔を覗き込んだ。

やはり不健康そうな肌をしている。身体つきについては先ほど確認したばかりだが、やはり色々と体内的な問題でもあるのではなかろうか。

「ですが、お身体に障《さわ》るでしょう。しばらく寝て、安静にした方がよろしいかと」

だが平次の提案にお姫様はイヤイヤと首を振るだけだ。

どうしたものか。助けを乞《こ》おうとして母親に視線を送る。

しかしお満の応答は腕を交差させた「×」マーク。お綱の気が済むまでお相手して差し上げろとのことらしい。

(たしかにここで袖にして恨まれて、診療所を潰されたらたまったもんじゃないしな……)

権力者は往々にして、自分の感情に導かれるがまま、力の使いどころを間違えるものだ。

(とはいえ、お綱さんはそんなことをするタイプじゃなさそうだ。表裏のない、犬みたいな性格をしている訳だし)

諦めと役得感が綯《な》い交《ま》ぜになった感情を自覚しながら、改めてお綱の肢体に注意を払う。

(それにしても、体重も軽すぎるな……。貧血や立ちくらみをよく起こすとなると、もしかすると栄養的な問題もあるのかもしれない)

現代日本において普通なことが、江戸時代ではそうではないという事例は多い。

そのひとつが食肉文化で、江戸時代では獣肉を食べることが表向き禁止されている。

食肉の欠如は鉄分不足にも結び付くことになり、江戸の町民たちは鉄不足で貧血を起こす者が非常に多かった。脚気と並んで江戸の流行病と称されるほどには。

とはいえ、彼らは貧血の改善に食肉が有効であるということを経験的に知っていた。

そのため獣肉は『薬』という名目で流通しているのである。

（いますぐ獣肉を準備することはできないけれど、その代替物なら何とかなるな……）

そんなことを平次が思った矢先、お綱が身を起こそうとした。

だが、また力を失って平次の腕のなかに戻ってしまう。可愛らしいうめき声を上げながら、ぐったりしてしまっているのだ。不謹慎だが、愛玩動物《ペット》のようだと思ってしまう自分がいる。

かくして、その状態が体感で一〇分ほど続いた。今度こそ回復したお綱が、ゆっくりと平次の腕から離れていく。

「思えば、平次様はお仕事をされている最中でしたね……。お手を止めさせてしまい、本当に申し訳ございませんでした」

心底申し訳なさそうに言う彼女を見て、平次は思わず否定してしまっている。

「いえ、お気になさらないで下さい。仕事をしていた訳ではありませんから」

「そう、なのですか……？」

「ええ、料理の支度をしていただけなんです」

「料理……」

長い睫毛を瞬かせるお姫様に、平次は優しい声で語り掛けた。

「お綱様は池に落ちて、お身体もすっかり冷えておられます。風邪を引かぬよう、温かい料理をお出ししようかと思いまして」

「すごい……そんなことができるのですね、平次様は」

そのセリフは、文字通り捉えるならば、馬鹿にされているとしか捉えられないだろう。

しかしお綱の表情には煽《あお》りや嘲笑の色はまるでなく、畏敬の念しか浮かんでいないのだった。

(きっと、生まれの問題なんだろうなぁ……)

お綱はお姫様である。従って、これまで一度も調理場を見ずに育ってきたのだろう。

自分が普段食べているものがどのように作られるのか、まるで知らないに違いない。

(もっとも、それが普通のことなんだけど)

大名家クラスともなれば、食事は専属料理人が作ることになる。

要するにお姫様にとっての料理とは、専門家が作るものであり――普段ではまずお目にかかれない、未知の営みなのだ。

「……見てみますか」

そして思わず、そんなことを口走ってしまっている。

体調不良の相手に何を言っているのだろう――後悔が先立つが、お綱の表情にはぱぁっと笑顔が広がっていく。

「よろしいのですか？」

お姫様は喜色たっぷりに言った。

「実はわたくし、お料理がどのように出来上がるのか……見たことがないのです」

にこにこと微笑む彼女に対し、『冗談です』という度胸はない。

平次は諦めて、お姫様の手を取って土間へと導いた。

土間と板の間の段差に腰を下ろして貰おうと思ったのだが、お綱はやんわりと拒絶する。

「大丈夫でございますから」

そう言われると、平次は従う他にない。諦めて履物を勧め、彼女を土間に立たせた。

平次の暮らす自宅兼診療所は、他の一般的な江戸の家屋と同じように、玄関を兼ねる土間が台所になっている。

流しも水瓶も、かまどであるへっついも、すべてそこにあるのだ。

お綱はそういった物品を興味深げに観察している。貧血によるふらつきで転倒するのを防ぐため、平次のすぐ横にぴったりとくっついていた。

「う……」

彼女の香りがふわりと平次の鼻腔をくすぐってくる。

途端、股間の付け根が疼いて甘い痺《しび》れが走った。

だがこれは、男として仕方がないことだろう。

「あらあら……あらあらあらあらあらあらあらぁ……」

そしてお満と言えば、にまにまと笑みを浮かべて板の間に上がっている。

お姫様よりも高い場所にいることは無礼千万なはずなのだが、まるでお構いなしのようだ。

そしてお綱本人もまるで気にしていないらしい。

むしろ、料理なるものがどのような手順で行われるのか——それに興味の過半を割いているせいで、他の事が目に入っていないと言ってもいいだろう。

（もうどうしようもないか……）

お姫様に抱き付かれて料理をすることになるとは思いもしなかったが、これはもう覚悟を決めなければならないのだろう。

# 第三幕　卵粥／診療所にて

激しい雨音と連動するように、平次の心臓の鼓動が高まっている。

だが、仕方がないという他にないだろう。

なにしろ絶世のお姫様が、警戒心も見せずに寄り添ってきているのだから。

（これは一体どういうことなんだ……）

日常でも母親以外の異性とまともに接触がない平次である。

そのためお綱に袖を握られた時は、口から心臓が飛び出てしまいそうになった。

「あぁ、色々な物があって……わたくしにはもう、何が何やら……」

平次からすれば現状こそ『何が何やら』というやつだ。

しかし、男心を知らぬ乙女は自然な動作で、それがさも当然といった様子でひっついてくる。

「その、この長い……棒切れのようなものは、いったい何でございましょう」

お綱が指さしたのは、まな板の上に置かれた野菜だった。

平次は赤面していることを自覚しながら、上擦った声で応じる。

「あっ、あぁ……これですか？　ネギ、と言いますが……」

「けほっ……ネギ、ですか。はじめて見ました」

空咳に苦しめられてはいるものの、それでもあふれ出る好奇心を押さえきれない様子のお綱。

ネギは江戸では基本の食材なのだが、どうやらご存知ないらしい。

(いや、それも当然か)

平次はすぐに思い直す。

お姫様の食卓に未調理のネギが供されるはずがないからだ。

「このネギは千寿ネギと言って、摂津から持ち込まれた苗を栽培したものです。江戸ではここ五〇年の間で一気に大衆的な野菜になりました。旬は冬ですが、年中需要があるので夏季にも供給されているんです……やはり旬のものと比べると、質は格段に落ちますが」

「そう、なのですね……」

いまいち実感がわかないのだろう。お綱は首をかしげている。

江戸で普及していると言われても、ネギを知らないお姫様からすれば——いまいちピンと来ないのは当然だ。

「ですけれど、本当に摩訶《まか》不思議なお野菜でございますのね。下は真っ白、上は青緑……いったいどちらを召し上がるのでしょう」

「どちらも食べることができますよ。もっとも、上方では緑の方が好まれるようですが」

そう答えると、お綱はそっと平次の顔を見つめてくる。

「上方では、と言うことは……江戸では異なる、ということですね」

「ええ、江戸では白い部分が好まれますね」

そう言ってから、お姫様に袖から手を離すようにお願いする。

お綱は素直に指示に従うと、今度は平次の背中に回った。

結局のところ、くっつかれていることに変わりはない。

しかし、腕が不自由になるよりはよっぽどマシだった。

平次は庖丁を手に取ると、トントントンと小気味よい音を立ててネギを細切りにしていく。

その鮮やかな手並みを肩越しに見て、お綱はすっかり感心している様子だ。

「わぁ……っ！　けほっ、けほっ」

驚きのあまり、声を出し過ぎたのだろう。

お綱が咳込みはじめ、平次は作業を止めた。

彼女の咳はすべて平次の着物に吸い込まれ、背中がしっとりと熱を持つ。

「もっ、申し訳ございません……お邪魔をしてしまいました」

「いえ、構いません。それよりも、咳は大丈夫ですか。やはりお辛いでしょう？」

「はい、少しは」

お綱は正直に認めた後、続けた。

「ですが、いずれは収まるものですから……」

「とはいえ、咳をし過ぎると肺を痛めることになります」

「ですが、わたくしの身体なんて……」

「……」

彼女の身体を案じる平次の想いが伝わったのだろう。

ネガティブな抗弁をすぐに止め、お綱は平次の背中に頭を押し付けた。

医師と言う職業柄、こういった精神状態になる人の気持ちはよく分かる。

平次は深く長い吐息をこぼした後、そっと尋ねた。

「どうです、すこし嗅《か》いでみますか？」

「え……？」

「ネギの香りを、です」

背中に張り付いている少女は、明らかに動揺している様子だ。

きっと、『自分から匂いを積極的に嗅ぐ』という不作法を経験したことがないのだろう。

だが、そんなことくらいは予想している。平次はダメ押しのように訊いた。

「これから火を通すことになります。そうすると、香りも変わってしまいます。何事も経験といいますし、この機会にどうでしょうか？」

するとお綱は、やや間をおいてうなずいた。

その気配を察し、平次は腕を差し出してお姫様を支える。

彼女はまな板の上の細切りネギに顔を直接よせて鼻を鳴らす――という下品なことはしない。

あくまでもお上品に、ネギの香りを手の平で鼻口へ扇ぎ送った。

「随分と、青臭いのですね」

はじめてネギの香りを嗅いだお姫様は、目をぱちくりしている。

「ですが、それだけではありません。若草をすりつぶしたものに、辛みが加わったような……。わたくし、このように香りが強いお野菜ははじめてです……！」

明らかに興奮した様子のお姫様に平次は告げる。

「そうですか。実はこの野菜、いまのお綱様にとって大切な食材でもあるんです」

「わたくしに、ですか？」

お綱はきょとんとした様子で首をかしげた。

平次は彼女に、大雑把だがネギの効能を教えることにした。

細かく話すことはしない。何しろ現代仕込みの知識では、ビタミンなどのカタカナ語を使わざるを得ないからだ。

「ええ、そうなんです。ネギには様々な効能があって、身体の疲労を取り除いてくれます。今日のお綱様のように、これからの体調に不安がある時にこそ召し上がって頂きたい野菜と言えましょう」

「身体の疲労を、取り除く……？」

驚愕の声を漏らしたお綱に平次はうなずいた。

「はい。もっと言えば、ネギは風邪の予防や治癒の手伝いをしてくれます」

「そのような力が、このお野菜にあるのですか……ほんとうに？」

「本当ですよ。もちろん、食べ過ぎは良くありませんが」

途端、お綱は押し黙った。

《どうして城の者は、そのようなお野菜があると教えてくれなかったのでしょうか？　わたくしの

食膳に上げようともしてくれなかったのでしょうか？　どうして……？》

そんなつぶやきが聞こえたような気がするが、もしかしたら気のせいかもしれない。

平次は深入りせずに、次なる工程へと移ることにした。

へっついに据えられた鍋。そこにごま油を匙でかけ回すように注ぎ入れる。

たちまち、ジュワッという香ばしい音と香りが立ち昇った。

暗い顔をしていたお綱だったが、すぐにうっとりと目尻を下げることになる。

「あぁ……ごまの芳醇《ほうじゅん》な香りがいたしますね」

恍惚の声が、湯気に混じって立ち昇った。

お姫様の悩ましげなため息を聞きながら、まな板の上のネギの細切れを鍋に投入していく。

熱せられた鉄板、それはごま油によってコーティングされたフィールド。

その上で、ジューッと小気味好い音と共にネギが弾けて踊り出す。

聞いているだけで垂涎《すいぜん》ものなのだが、平次は更なる暴挙に出た。鍋のなかに、溜まり醤油を注ぎ入れたのだ。

「ふぁあぁ……っ、なんて香ばしい香りなのでしょう。すてきです……っ」

官能的とすら言える声を上げ、お綱は平次の着物を強く握り締める。

平次は木ベラを使い、ネギとごま油を溜まり醤油で炒りつける。

油と醤油をまとったネギは、きつね色にツヤツヤと輝きを増していく。

絶え間なく続く、ジュワッジュワッと油と水分が弾ける音。

それは香ばしい香りと共に、小腹を空かせた者の腹の虫をくすぐることになるだろう。

「これは一度、鍋から上げます」

平次は皿の上に、綺麗に炒められたネギを移した。

食欲を掻き立てる香りを前に、お綱は唇を緩めてしまっている。

「とても、美味しそうです……」

「ええ、このまま食べても美味しいと思います。ですが、今宵は別の使い方をしてみましょう」

平次はへっついに据えてある、もうひとつの鍋の蓋《ふた》を開けた。

そこにはお湯と、そのなかで煮出されているかつお節がある。

じっくり出汁を取っており、灰汁《あく》もしっかり掬い取られていた。

「とても優しい匂いがいたしますね……」

お綱は胸の前で手を組んだ。悩ましい吐息が、美しいかたちをした口唇から漏れ出している。

平次は冷や飯をよそい、かつお出汁のなかに投入した。

江戸では朝に米を一度に炊いて、夜に余り物の冷や飯を食べるのが一般的だ。

だが、池に落ちて身体を冷やしてしまっているお姫様にそんな食事を供するつもりはない。

「これは、雑炊をお作りになっているのでしょうか」

「ええ、そうです。風邪を防ぐには身体を芯から温め、十分に栄養を取らねばなりませんから」

「ですけれど、これは一人分しか……」

「当然です。お綱様のために作っているのですから」

「え……っ、あ……」

平次の言葉に、何か思うところがあったのだろう。

お綱は胸を押さえて俯いてしまった。

それ故に、彼女は平次の取り出した食材に――すぐ気付くことができなかったらしい。

気付いた時にはもう手遅れな状態にある。

「えっ、えぇ……っ⁉　あっ、あのあの……っ⁉」

「どうしました？」

平次は澄ました顔で、椀の中身を箸で掻き混ぜている。

だがそれは、お綱からすれば極めて冒瀆《ぼうとく》的な行為に他ならない。

「そっ、それはもしや……ニワトリの……っ！」

「ええ、卵ですが」

「ひぃ……っ」

お綱はよろよろと後ずさり、板の間にぺたんとお尻をついてしまう。

その綺麗に整った顔には、怖れと非難の色が濃く滲み出ていた。

「そっ、そのような禁則事項をお医者様とあろうお方が……っ⁉　ニワトリは朝の到来を告げる聖獣！　その聖獣が産み落とすものを掻き回すなど、罰が当たってしまいますっ‼」

「ああ、なるほど」

平次は鶏卵を箸で溶きほぐしながら、すっかり腰を抜かして目を白黒させているお綱に言った。

「大丈夫です、ご安心ください。これは冒瀆的な行為ではありません。南蛮人たちは皆、毎日のように鶏卵を食べていますから。もし仮に罰が当たるとなれば、彼らはとうの昔に絶滅していることでしょう」

「そっ、そうかもしれませんが……！　けほっ、けほっ」

「それに、江戸幕府の先の将軍であられた家光公は、好んで鶏卵を食したと聞いております。帝の膳にも卵料理を上せたとも」

「……ですが、恐ろしいものは恐ろしいのです」

身体を震わせるお綱を見ながら、これも仕方がないことだろうと平次は思う。

ちなみに日本においては、中世以来、卵を食べることは食文化上のタブーとされてきた。

その禁則事項を崩したのがあの織田信長であり、彼は南蛮文化を受容する過程で鶏卵の食文化も是認。織田領国圏を核として、公的な食卵の風土が日本に埋め込まれていくことになる。

しかしそれでも、一七世紀中ごろまでは——生命誕生のシンボルである卵を食すことに抵抗を覚える者も多かったのだ。

そういった鬩《せめ》ぎ合いのなかで日本の食文化は興亡を繰り広げ、現代社会に引き継がれていくのだった。

「お綱様、真面目なお話として聞いて下さいますか？」

「……」

「鶏卵はとても上質な食材なのです。栄養価に優れ、人が生きるために必要なものが凝縮《ぎょうしゅく》されているのです。身体が弱っている時には、ネギと共に是非召し上がって頂きたいと思っています」

「そんな、そのような……っ」

「お綱様」

平次は調理の手を止めて、板の間で震えているお姫様に近付いた。

そして、カタカタと震えている細くて薄い肩を優しく撫でる。

怯《おび》えて揺れているブラウンの瞳を覗き込みながら、努《つと》めて紳士的に微笑みかけることにした。

「どうか安心して下さい。そしてどうか、俺を信用して下さい。すべてはお綱様のお身体のために行っていることなのですから」

「う、うぅうぅうぅ……」

「もっとも、善意の押し売りであることも自覚しています。本当に嫌でしたら突っぱねて下さいますように」

そう告げると、お綱の顔を支配していた恐怖心がゆっくりと退潮していった。

代わって現れたのは羞恥心である。耳や首筋も朱に染まり、とても可愛らしい。

おそらくは、こうして男に迫られた経験などないのだろう。

「それとも俺は、お綱様のご信頼を賜ることは叶いませんか？」

「あぅ、あ、あぁあぁ……」

お綱は口をパクパクさせながら小刻みに首を左右に振った。

己の信仰心と目前で起こっている出来事との狭間で揺れている心が、手に取るように分かる。

（でも、何とかして卵は食べてもらわないとな……）

現代社会では『完全食』とまで言われるほど、栄養価において突出する食材が鶏卵なのだ。卵には鉄分も含まれているので、貧血をカバーするという意味でも重要である。

「どうか、俺を信用して下さいませんか？」

平次は、お綱を陥落させるために必死で食い下がる。

まるで、ビーチで女性を口説き落とそうとするチャラ男のような執着振りだ。

そしてお綱も、自分のために一生懸命になっている平次に満更でもないようで、徐々にほだされていった。

「すべてはお綱様のためなのです。もしお気に召しませんでしたら、後ほど国許へご連絡いただいて俺を打ち首にして頂いて構いません。ですが俺は、あなた様がご病気を召されないようにと、ただそれだけを考えているのです」

「わ、わたくしの……わたくしのため、だけに……？」

「ええ、お綱様のためだけに」

女性の間近で瞳を覗き込みながら語り掛けるという、ホストのような所業。

正直なところ、やっていて気恥ずかしいことこの上ない行為だ。心臓が跳《は》ね上がっている。

だが、背に腹は代えられない。母親がニヤついていようがいまいが関係なかった。

不健康なお綱の身体のことを思えば、少しでも栄養を取ってもらいたいと願うのは当然だろう。

とくに、前世では見習いといえども——料理人であった平次である、なおさらだ。

「わたくしのため、なのですよね……」

そして、熱意が伝わったのだろう。

顔を真っ赤にして目をぐるぐるとさせていたお綱は、内心での戦いに決着をつけたようだ。

縋《すが》るような瞳を平次に向けて、ささやくように問い掛ける。

「わたくしのために、そう仰って下さっているのですよね……？」

「その通りです」

平次がうなずくと、お綱はそっと目を伏せる。そして、こくりと首肯するのだった。

男の信念が女の心を揺り動かした瞬間でもある。

「きょっ、今日だけ……今日だけ、ですから……。このようなこと、いけないこと……だと、思いますし……」

「いえ、できれば毎日……最低一個は召し上がって頂かないと」

「えっ、えぇ……っ!?　まっ、毎日ですか……!?」

驚くお綱に、平次は一気に畳みかけていく。

一度空けた穴を押し広げるのは、貫くことよりもはるかに簡単だ。

お姫様の純粋無垢な心に付け込むようで後ろめたくもあるが、それでも彼女の健康を思えば――

絶対に引く訳にはいかないのだ。

「もしお綱様が毎日卵を召し上がって下さるなら、きっと、貧血も良い方向に向かっていくはずですから」

「ほ、ほんとう……なの、でしょうか……」

「ええ、嘘はつきませんよ。美しいお綱様を、俺の嘘なんかで汚す訳にはいきませんから」

「……あ、あぅ」

茹《ゆ》であがった蛸のように真っ赤になるお姫様。

彼女にくるりと背を向けて、平次はぐつぐつと煮立ちはじめた雑炊のなかに——先ほどの味付けネギを入れた。

それからゆっくりと溶き卵を回し入れていく。

かつお出汁とお米と味付けネギが踊るなかに、ふわりと浮かんだ黄金色。

その色鮮やかさに目を細めつつ、日本酒をほんの少しだけ注いでからひと煮立ち。

最後にパラパラと塩を振って、味を調えれば完成だ。

「できました。さて、お綱様……どうぞお座敷にお戻り下さい」

平次が顧みた少女は、身体を抱くようにしてぎゅっと縮こまっている。

その瞳は切なげだ。やはり、卵を食べることには覚悟がいるのだろう。

「お綱様」

改めてお綱を促し、上座に座らせた。既にお満が高足膳を用意している。

平次は膳の上に、匙と出来立ての卵雑炊を置く。

言うまでもなく、具材はきつね色に炒められた味付けネギのみというシンプルなもの。

されど余計なものが入っていないからこそ、香りは極上だった。

「では、どうぞご賞味下さい。身体の疲労回復を助け、栄養を付けることで風邪を予防する卵雑炊となります」

「……いただきます」

お姫様にとって、はじめてのネギだ。もしかすると、卵を食べるのも初めてかもしれない。

少女は緊張の面持ちで、しかし上品に匙を取ると――ふわりと湯気立つ雑炊を口元へ運ぶ。

「熱っ……」

最初の一口目。目をひゅっと閉じながら、お綱は可愛らしい悲鳴を上げた。

だがしかし、そこからは黙々と――夢中になって卵雑炊を平らげていく。

彼女の口腔内では、匙を進めるたびに旨味が炸裂している。

かつお出汁を基調とした上品な旨味に、焼きネギからしみ出した溜まり醤油の香ばしさ、そしてごま油の香りと脂分が加わった。

「ん……っ」

具材であるネギの細切りを噛《か》み締めれば、滋味《じみ》豊かな野菜本来の甘みがブワッと口いっぱいに広がっていく。食欲が増進しないはずがなかった。

「熱い、熱いです……こんなに熱いお料理、生まれてはじめて……」

お綱は感極まった声で続ける。

「ですけれど、あぁ……なんて美味しいのでしょう。わたくしのためだけに作って下さったこの雑炊……今まで食べてきた何よりも、おいしい……っ」

少女の瞳には熱い滴が浮かんでいた。何かが心の琴線を揺さぶったのだろう。

しかし平次には、ぽろぽろと涙をこぼしはじめたお綱の心の中をのぞくことはできない。

嗚咽《おえつ》しながら雑炊を食べ続けている彼女を、ジッと見つめ続けるだけだ。

やがて米粒も、汁すら残さずに平らげたお姫様は——椀と匙を高足膳にそっと戻してから、深々と頭を下げるのだった。

「ここまで心身に染みたお料理は生まれてはじめて……心の底から感謝しております、平次様」

「いえいえ、そんな……」

お綱に頭を下げられて、平次は両手と首を振りながら恐縮するばかり。

貴人が平民に頭を下げるなど、そうあることではない。

平次は慌てて言った。

「それに、お綱様はおそらく高貴な身分の御方。ともすれば、優れた料理人が優れた食材で作る優れた料理を毎日のように召し上がって——」

「違います」

お綱ははっきりとした声で言う。

「たしかに、腕の良い料理人が上質な食材を取り扱っているのかもしれません。そして多くの品々が食卓を飾っているのかもしれません」

ですが——と少女は目元を押さえながら、絞り出すように続けた。

「わたくしは……それでも、それでも……！　平次様がわたくしのために作って下さった、この雑炊以上のお料理を口にしたことはありません……!!」

「お綱様……」

「どうか、どうかお聞かせ願えませんか……平次様」

姿勢を正し、真面目な顔付きで彼女は問う。

「どうして、どうしてお医者様である平次様が、こんなにもお料理に長けているのですか……？

先ほどの庖丁捌きも、わたくしには並のものとは思えぬ鮮やかさでした」

「それは……」

平次は思わず言い淀んだ。

前世以来、料理に対する情熱はまるで失せていない。

しかし家業の手前もあって、自分の願望を赤裸々にさらけ出せないという事情がある。

「……平次様？」

すっかり押し黙ってしまった青年の名を、少女が呼ぶ。

高貴な身分の女性への返答を引き延ばすのは、あまり褒められた行為ではない。

だが口に出せないことだってあるのだ。どう対応していいか途方に暮れる平次だったが、

「それはとても簡単なことです。平次さんが医師などではなく、料理人になりたいと心の中で願っているからでしょう」

お綱に応答したのは、あろうことか、平次が気兼ねしている相手のひとりであるお満だった。

「お姫様、平次さんは医師の息子でございます。お武家様とは違い、医師の息子が医師にならねば

ならぬという決まりはございません。ですから、本来でしたら平次さんは……好きなように生きることができるのです」

「本来だったら……？」

「はい」

お満はうなずき、お綱を見据える。

「お武家様にはいまいちピンと来ないかもしれませんが、私たち庶民の生活は助け合いが基本です。それを『絆《きずな》』とも言いますが、同時にこれは『しがらみ』であると言い換えられるでしょう」

「しがらみ……」

「ええ。ですから、助け合いの輪から正当な理由なく外れることがあれば……皆から排斥《はいせき》されることになるのです。医師とて同じです」

目を見開いた少女に、お満は続けた。

「私の夫であり、平次さんの父親である工藤秀信は江戸の名医でございます。ですから、周囲の者たちはその息子に、医師として跡を継ぐことを切望します。先の大火がありましたから、尚更でしょう」

お綱にも何か思い当たることがあるのか、あるいは共感することがあったのか、その表情には鎮痛の色が濃く浮かんでいる。

「この界隈の誰もが、平次さんが医師になることを望んでいます。息子は医師の免状を受けておりますけれども、独立しないように誰もが圧力を日頃から掛けているのです。他の地域に行かれたら困るからという理由で。そのような状況下、医師を継がぬと言ったら、どうなりましょうか」

そういったしがらみが平次さんを苦しめているのです——お満はそう語った。

平次は母親の言葉を否定できなかった。

自分が料理人としての道を歩むことができない理由が、まさしくそれだからだ。

料理人になれば、料理を提供する相手が絶対的に必要になる。

だがそれは、仲間の輪から外された状態では決して叶わないだろう。風評被害をもたらされたり、あるいは物質的肉体的に妨害されることだってあり得るからだ。

「その、いつから平次様の想いに……お気付きになられたのですか」

お綱が訊けば、お満は微苦笑を浮かべた。

「それはもう、ずいぶんと昔からです。小さい頃から平次さんを見ているのですよ？　料理というものに強い情熱を抱いていることくらい、分かります」

「母として、ですか……」

「それもありますけれど、平次さんの患者との向き合い方からも容易に察せられますよ」

「患者との向き合い方、ですか……？」

よく分かっていなさそうなお姫様にお満は言った。

「平次さんは、人の身体をむしばむ病は食によって改善できると考えていらっしゃいます。江戸の病は八割方、食を改めれば治せるとまで言っているのです」

「八割も……？」

「ええ。先ほどお綱様が召し上がった雑炊のように、患者への処方として適切な料理を作り、往診の際にその作り方や食材自体の効能を説いて回っているのです」

呆気にとられた様子のお綱を見て、お満は苦笑する。

「ですから、平次さんはこの界隈では『膳医』と呼ばれているのです。『本船町、善意の塊、膳医がひとり』という歌ができるくらいには有名なのですよ」

子供自慢をする母親の顔で、お満は言った。

お綱は、色々と察したような顔でうなずく。

「なるほど、よく分かりました……平次様のひととなりは」

そして一呼吸おいて、彼女は敬慕にあふれる瞳を男に向ける。

「平次様、お聞きしたいことがあります」

「はい」

「あなた様は今でも、料理人になりたいとお望みになられているのですか？」

「……はい」

もはや、否定することはできそうにない。

母親に悟られていると分かった以上、自分の心に抗うことは無意味のように思えた。

観念して向き合った平次の瞳をしっかり見据えながら、お綱は口を開く。

「よろしければ、教えて下さいませんか？　平次様の夢を、あなたの口から」

「……」

平次は拳をぎゅっと握り締めながら、お姫様の瞳を見つめ返しながら言った。

「俺は、江戸の庶民が手軽に訪れることができる料理茶屋を開きたいと思っています。安くて滋養があり、かつ美味しい手料理を振る舞える食事処を」

「庶民が、手軽に……ですか」

江戸時代において外食が主流になるのは、まだ先の時代である。

お綱が驚きの声を漏らしたのも当然と言えば当然の話だ。

だが、彼女が更に言葉を重ねようとしたその刹那——診療所の戸が大きく打ち鳴らされることになる。

「……見てまいりますね」

お満がそう言って立ち上がり、土間に降りて戸を開く。

診療所の外には大勢の男たちがいた。奉行所の手のものだろう。

彼らは提灯を掲げており、ぐるりと周囲を取り囲んでいる様子だった。

雨はもう上がっているが、提灯の明かりに照らされている彼らの下半身は泥だらけだ。

おそらく平次の父親の注進を受けて、ぬかるんだ泥道を一目散に駆けてきたのだろう。

(明暦の大火で大勢の役人が亡くなって、人材不足のはずの江戸町奉行所が……ここまで動くだなんて)

そんなことを思う平次だったが、やがて診療所の内部に身なりの良い武士が入ってきたことで姿勢を改める。

北町奉行所の長官であるお奉行様だ——そう認識した瞬間、その彼が、土間に平伏するという信じられない光景を目の当たりにすることになった。

「長らくお探し申しておりました……！　どうか、どうか早急にお戻りになられますよう……！」

「……分かりました、そのように致しましょう」

呆気に取られている平次に会釈して、お綱は固い表情で立ち上がる。

土間で平伏したままの北町奉行をそっと見下ろした後、どこか憂いのある瞳を平次に向けた。

「平次様、そしてお満様。たいへんお世話になりました……このご恩は、絶対に忘れません」

そう言い残すと、お綱は室内の明かりに背を向けて——真っ暗な室外へと進んだ。

美麗な駕籠《かご》が用意されているのが見える。

警備の数は尋常ならざるもので、ともすれば、加賀藩や仙台藩のような大藩のお姫様なのだろう。でなければ、幕府の直臣である奉行が土間で平伏するような事態にはならないはずだ。

「失礼致した」

そしてその彼も立ち上がり、一礼してから診療所の外へと出ていく。

普通であれば、この後、お綱に関する事情聴取が行われて然るべきだろう。

だが、その気配はまるでない。それは要するに、奉行所がこの件をなかったことにしようとしているということだ。

つまり、政治的な事情を察した以上——何も行動しない方が正解であることは間違いない。

だが平次には、あのお姫様に伝え忘れていることがあった。

「お綱様！」

駕籠に乗ろうとしていた少女に、平次は診療所の外に飛び出しながら声を掛ける。

途端、北町奉行はぎょっとした表情を浮かべた。警備の役人たちが平次を取り押さえようと駆け寄ってくる。

「お待ちなさい」

だが、奉行所の男たちの動きを制したのはお綱だった。

駕籠から離れ、彼女は平次の傍に歩み寄ってくる。

「どうかなさいましたか？」

お綱は穏やかな声で訊いた。されどその姿勢は、先ほどまでとは異なって凛然《りんぜん》としている。

大勢の者の前であるが故に、先程までのような態度を取るわけにはいかないのだろう。

とはいえ、彼女とは違って平次は町人である。

打ち首覚悟であれば、何をしても、何を言っても良いのだ。

「言い忘れていたことがあります」

「言い忘れていたこと？」

「そうです」

男たちの鋭い目線にさらされながら、平次はうなずいた。

「今宵はしっかりと入浴なさって下さい。身体を温めることが大切です。厚着をした上で床について頂ければ」

「えっ……？　あのう、それだけ……なのでございますか？」

きょとんとした様子のお姫様に、平次は大真面目に告げた。

「それだけとおっしゃいますが、とても大切なことです。お綱様が風邪を召すようなことがあれば、俺は悔やんでも悔やみきれませんから」

今宵はお身体を第一に考えてお過ごし下さい——そう言うと、お綱は微笑をみせる。

「そう、でございますね……」

お姫様は噛み締めるように言った。

「風邪を引くようなことがあれば、振る舞って頂いた雑炊もご好意も、すべて無駄になってしまいますものね……お心遣い、深く感謝いたします」

彼女はそう言って、意図的に頭を下げずに身を翻《ひるがえ》す。

お綱を乗せた駕籠が持ち上がり、診療所の前から去っていく。

平次のすぐ背後にいたお奉行様は何か言いたげな様子だったが、ここで口を開けばお綱の身元を明かすことになると判断したのだろう。

彼は何も言わず、役人たちを統率して去って行くのだった。


こうして奇怪な一日が終わりを告げる。

父親は役人が去った後に診療所に戻ってきたのだが、お綱の素性についてはまるで教えてもらえなかったと言った。

「身分は分からないが高貴な女人が担ぎ込まれてきた。そう言ったら奉行所の連中、上から下まで蜂の巣をつついたような騒ぎだったがな」

彼はそのように笑い飛ばしたが、お綱とそれなりに言葉を交わした身からすれば——なかなか笑うに笑えない話でもある。

(奉行所が大慌てで緊急対応するだなんて、やっぱり大藩のお姫様だったんだろうな……)

もしかすると、江戸の各所で再建されつつある大名屋敷のどこかに彼女がいるのかもしれない。

いつか再会できる日が来るのだろうか——と思いもしたが、妄想が過ぎると自嘲する。

大名家には専属の医師がおり、料理人がいるのだ。平次の出る幕など、どこにもないだろう。

(一期一会とも言うし、彼女と俺とでは住む世界が違うんだから)

そんなことを思いながら日々を過ごし、半月が過ぎた頃だった。昼の往診の帰り、北町奉行所の同心たちに取り囲まれたのは。

彼らは「あそこに用意している駕籠に乗れ」ということ以外、何も口にしなかった。

奉行所の役人たちの指示に、平次は従う他にない。自分は何も悪いことをしていないはずだが、ここで逃げるようなことがあれば——余計な嫌疑を掛けられる可能性もあるからだ。

「一体なんだって言うんだ……？」

駕籠に乗り込みながら、自分の知らないところで展開している事件に平次は腹を立てる。

気分は良くない。罪人のように見なされることに立腹しない人間の方が珍しいだろう。

「……？」

だが、やがて怒りの感情は困惑へと変っていった。自分が奉行所へ送還されているのではないと気付いたからである。

東北地方の諸大名によって、寛永六年（一六二九年）に作られた一ツ橋門。そこから江戸城の三ノ丸へと入り、天神橋を渡って二ノ丸庭園へと駕籠は運ばれていく。

かくして、二ノ丸にある池のほとりに建てられた東屋《あずまや》で、平次はお綱と再会することになった。

あろうことか、江戸幕府の大政参与たる保科正之――会津中将と呼ばれ、江戸幕府の大賢者と目される男を伴ってである。

平次の予想は当たっていた。やはり、お綱は高貴な身分に属するお姫様だったのだ。

しかし、予想だにしていないこともあった。

あろうことか、彼女は、江戸幕府の第四代将軍――徳川家綱公だったのだから。

# 第四幕　江戸城／東屋にて

陸奥会津二三万石の藩主たる保科正之は、威厳と寛容を兼ね備えた深みのある容貌をしていた。眼光は鋭く、ありとあらゆるものを見通していそうな雰囲気すらある。

それは彼の来歴に寄っているのかもしれない。

第二代将軍の息子でありながら、父親の生存中は公的に実子と認められなかった正之は、幼少期を武田信玄の娘である見性院と信松尼の後見の下で過ごしていた。

そして旧武田家臣の保科家に養子として迎えられたことにより、信玄以来の質実剛健な家風を体現する人格が形成されている。

彼は今年で四八歳。江戸時代においては立派な老人なのだが、それを思わせない精強さを肌で感じることができた。

「まずは上様に代わって礼を申すぞ。平次とやら、よくぞ上様のお命を救ってくれた」

東屋に設けられた席。そこから投げ掛けられる声を前に、平次は両膝をついて頭を下げながら応じた。

「実に畏《おそ》れ多いお言葉です」

「ふむ。北町奉行所から上がってきた報告とはずいぶん異なるな。もう少し図々しく来るものだと思ったが……」

一体どんな報告が上がっているのだろうと思ったが、それ以上に、いつの間にか北町奉行所の調査対象になっていたことに驚く平次だった。

もしかすると、お綱との別れ際に――出過ぎた真似をしたのがいけなかったのかもしれない。

あるいは、幕府の上層部がそこまで自分のことを気にしていることに驚いていた。

徳川一門に連なる正之からすれば、平次など箸にも棒にも掛からぬような男でしかない。格の違う、住む世界のまるで異なる相手なのだ。

にもかかわらず、会津中将は身を乗り出すようにして平次を見つめている。

「随分と謙虚なことだ。歳はいくつになる？」

「今年で一九になります」

「ふむ、上様とはひとつ違いということになるか。気安さもあったのかもしれんな」

正之は顎《あご》を撫でながら言う。

「あの日、上様は帰城された時にこう仰られた。『本船町に医師の才のみならず料理の才ある者あり。かくも卓抜せし技、実見したこと今生において他に非ず』とな」

「滅相もございません。まだまだ未熟者でございますし、なによりも町民の手習い事でございますから……」

平次は慌てて応答した。

たしかにお綱を助けたことは事実だし、料理を振る舞ったこともまた事実である。

だがしかし、そこまで称賛されるようなことをしたつもりはなかった。

されど老人とは、いつの時代も、謙虚な若者に興味を引かれる生き物だ。

「謙遜《けんそん》する必要はない。上様に狼藉《ろうぜき》を働かない礼節をわきまえている上、向上心もあるようだ」

正之は彫りの深い顔に微笑を浮かべながら言う。

「とはいえ、こちらにも体面がある。直接的に言えば、褒美を与えねばなるまい」

「……」

「黄金をくれてやっても良い。地位が欲しければ、儂の口利きで旗本程度になら取り立てよう。江戸から出たいと望むのであれば、我が会津藩の上司として取り立てるのもやぶさかではないが」

「せっかくの御提案ですが、お断りさせて頂きます」

平次は頭を上げ、東屋の上座にいるお綱と正之を見つめた。

この構図。可視化できる直截的な身分制度こそが、江戸社会の本質だった。

社会的上昇が非常に難しい、一種硬直的で固定化されたシステム。そのなかにおける身分的上昇機会の打診を断られ、正之は驚きの表情を見せる。

やはり、断られることを考えていなかったようだ。

「ふむ、理由を聞いても良いか？　金はあっても困らぬ、士分になれば見分も広まろう。悪い話ではないと思うのだが」

「お言葉ですが、悪い話でしかありません」

はっきりとした声で、平次は告げた。

「無礼を覚悟で申し上げますが、あの時の私は『上様だから特別に動いた』訳ではありません。悪人でない限り、助けられる相手には手を差し伸べる――それが人道であると心得ております」

「悪人でない限り、か」

「はい。私は医者ですが、自衛のため、家族や友を守るためには容赦なく人を斬ります」

「ほう」

正之は鋭い眼光で見つめてくる。

その凄まじい眼力を前に、平次は何とか言葉を絞り出した。

「いずれにせよ、俺は当然のことをしたまでなのです。あくまでも、助けた相手が偶然上様だったと言うだけの話でしかないのです」

「……」

「それに、この件についてのお礼の言葉は……あの晩のうちに上様から頂きました。それだけで十分なのです」

「そうか、なるほどのう」

会津中将は平次の言葉に理解を示し、うなずく。

そしてその上で、彼は問い掛けた。

「では、褒美は何もいらぬと？　では、このまま駕籠で送らせるが……」

「はい、それで結構です」

豪華絢爛な装いに身を包んでいるお綱に視線を転じながら、平次は言う。

「俺はこうしてお綱様――いえ、上様と再会できただけで十分なのですから」

東屋に座ったまま一言も発していない天女のような女性が、くしゃりと顔を歪《ゆが》めたのが分かる。

将軍が平常心を保てなくなりはじめているのを正之も察したのだろう。

時の権力者は深いため息をつきながら、念を押すように訊いた。

「平次よ、本当におぬしは何も望まぬのか？」

「もう既に満ち足りておりますから」

平次は正之に言葉を真正面から投げ返した。

「医師にとって、己が関わった患者が生きていて下さること。それが何よりも幸せなことなのです、中将様」

「平次様……あのっ、わたくしは——あっ」

思わず、といった様子で声を漏らすお綱。

正之がゆっくりと彼女を見る。その表情は今にも泣きだしそう。

どうやらこの場において、将軍が口を開くことがあってはならなかったようだ。言うまでもなく、最高権力者が口に出したことは——必ず実施されなくてはならないからである。

「聞くが良い、若人《わこうど》よ」

会津中将は深々と嘆息した。

「医師の息子であるおぬしが、内心で料理人へ転身することを願っているのは上様より既に聞き及んでおる」

「はは……っ」

どこまでお綱が喋ったのかは分からない。

だが悪いことをした訳ではないし、恥ずかしがる必要もないだろう。そんなことを思いながら頭を下げた平次に、正之は目を光らせながら――重々しい調子で告げるのだった。

「そこで、なのだが……おぬし、上様の専属医師として、そして専属料理人としてお仕えするつもりはないかのう」


江戸幕府の重鎮である正之から語られた内容は、色々と耳を疑うようなことだらけだった。

平次がお綱を助けた翌日から、江戸城にはこれまでにない緊張がはしりはじめた。将軍の食事に関するシステムや慣習を破壊しはじめたのだという。

江戸城には将軍の食事を作る御膳所《ごぜんしょ》と呼ばれる台所組織が存在している。

ここには四〇名ほどの御家人を主母体とする料理人が所属。交代制で朝夕二回、将軍の食事を作っていたらしい。

しかし将軍ひとりのために一膳だけ料理を作ればいいという訳ではなかった。毒見の分も含めて一〇食も作られることになる。

そして幾度にもわたる毒見を経ているうちに、料理は完全に冷めきってしまうのだが、

「上様はそのような制度は撤廃せよと強談なさってなぁ」

正之は苦笑した。

「仰るに、味気も風味もない食事はもう食べたくない。熱のまともに感じぬ食事などもう嫌だ。そ

のようなものを食べるくらいなら、断食して飢え死ぬことを選ぶ――とな」

「な……っ!?」

驚くのも無理はなかろう、と正之は続ける。

「我らも上様の虫の居所が悪いだけだろうと高をくくっていたのだが、実際に二日間も断食されてしまってはどうしようもならぬ。そこで我らも色々と対応を考えはじめたのだ」

「……」

「上様がお求めになっているのは温かい料理であろう。そのように考え、上様が食事を召し上がる『御膳の間』のほど近いところに新たな御膳所を作らせたのだ。毒見の者たちも、できるだけ最短で食事の内容を検めるように心がけさせたのだが……」

「だめ、だったのですか?」

「うむ。やはり毒見を行う間に料理が冷めてしまうのはどうしようもなくての。その上、今度は『料理に心がこもっていない』と上様から叱責されてしまってな」

幕府の屋台骨を支える賢人は深々と嘆息する。

「もはや万策は尽きた。そこで改めて上様に御意見をうかがったのだ。いかようにすれば、料理を召し上がっていただけるのですか、と」

正之はそこで言葉を切って、平次を見つめた。

それだけで分かってしまう自分がいた。平次は会津中将に訊く。

「そうしたところ、私の名前が出てきた……ということですか?」

「左様」

日本史上に名を残す江戸幕府初期の傑物は、また、大きく嘆息した。

「上様はもとからお身体が弱くてな。食事を拒絶されてしまうと具合も悪くなってしまう。そして我ら幕臣は、上様には万全を期して頂きたいという願いがある」

「だから、私の雇用を考えた」

「うむ。だがな、それから新しい問題が起こった。それが何か分かるか？」

「……分かりません」

「で、あろうな。流石に想像もつくまい」

疲れた表情で正之は言った。

「なんと上様は、今度は、医師の診察を拒絶されるようになったのだ」

「はっ……？」

立場を忘れて思わず眉をしかめた平次。

それを見て、正之は苦悩の色濃い顔を向けてくる。

「幕府には『御典医』と呼ばれる将軍専属の医師がおる。だが上様は彼らにお暇《ひま》を出してしまったのだ。男の医師にはひとりを除き、もはや何人たりとも触れられたくないと仰られてな」

平次の背中に冷たいものが流れる。

「そ、それは……いったい何処のどなたでしょうか」

「分かっておる癖にすっ呆《とぼ》けるでない。おぬしのことよ、おぬししかおらぬであろうが」

会津中将はうめき声を上げた。

「上様のご意向はこうだ。おぬしの作る食事以外は口にしたくもないし、診察についてもおぬし以外の指図を受けたくない」

「……」

「故に、おぬしをここに連れてきたのだ。いや、連れてこざるを得なかったと言って良い」

「もし、ここでそのお申し出を断れば……」

「上様は食事を取ることも医師にかかることも拒絶され、餓死されるであろう」

「なんてこった……！」

頭を抱えた平次に対し、会津中将は恥も外聞もなく首を垂れる。

儀礼の場を除けば、彼が頭を下げた経験はほとんどないと言って良いだろう。

保科正之という男はそれだけのエリートなのだ。

「頼む。ここで上様を喪い、権現様が勝ち取られた太平の世を揺るがす訳にはいかんのだ。天下のため、医師と料理人を兼ねて……上様にお仕えしてくれぬだろうか」

どうやら平次が考えていた以上に事態は深刻らしい。

たしかに正之の言う通り、征夷大将軍が倒れれば政情は不安定なものとなるだろう。

なにしろ戦国乱世が終息を迎えてから半世紀ほどしか経っていないのだ。

しかも徳川家の首府である江戸は、明暦の大火を受けて秩序が揺らいでいる。

江戸の政情が悪化し、これを統制しきれなくなれば——騒擾《そうじょう》の気配はたちまち全国に波及していくことだろう。想像するに難くないことだ。

（これは、俺の都合がどうだとか、俺の趣味じゃないだとか、江戸の患者たちがどうだとか……そういったことを言い訳にして、逃げていい場面じゃないよな）

もはやスケールが違い過ぎるのだ。平次は平伏しながら応じる。

「分かりました。非才の身ではありますが、仕官のお話をお受けいたします」

「うむ」

「ですが、ひとつお願いしたいことが」

安堵した様子の正之に、平次は付言した。

「上様の医食の充足のために尽力いたしましょう。ですが、その代わり、これまで以上に江戸の民草の生活再建のために支援をお願い致します」

「分かった」

正之は「当然のことだ」といった表情でうなずく。

「では本件については、正式に、幕府よりおぬしの父母や日本橋界隈の者たちに知らせることにしよう。名医の息子が上様の直臣に取り立てられるのは道理であり、江戸の町集も諦めがつこう。それに、おぬしの母御から上様がお借りした召し物も返さねばなるまいしな」

「あ……っ」

召し物というワードを聞いて、平次は不意に思い出すことがあった。

「申し訳ございません！　そう言えば、上様が身に付けられていた着物の隠し場所を、俺はまだ幕府に届け出ておりませんでした！」

「ああ、そのことか」

凄まじい勢いで頭を下げた平次を見て正之は苦笑する。

そしてお綱は、かつて裸体を見られたことを思い出したのだろう。真っ赤になって恥じらいながら、その面を伏せていた。

「なに、心配はいらぬ。上様が城に戻られた際、おぬしの潔白さを証明するために衣類のこともお話し下さったのでな。既に官吏どもの手で回収済みよ」

「それならば安心いたしました」

ほっと胸をなでおろす。

あの着物は、将軍が着ていたものであるからには超が付くほどの高級品だろう。

それを紛失してしまい、仮に弁償しろと言われたらどうなるか——想像もしたくなかった。

「平次よ。いきなりで済まぬが、今より上様に側仕えをしてもらいたい。俸禄についても安心せよ。御典医と御膳所付料理人の給金を合わせた上に、色を付けるからのう」

「いや、そのような……！」

給料の話を聞いて、平次は思わず躊躇《ちゅうちょ》する。莫大な金額の話になりそうだったからだ。

御膳所の料理人の方は、特筆すべきほどの額面ではない。米五〇俵に一〇両の御役料が支払われる程度だからである。

これは町人としてはそれなりの給金だが、体面もある武士からすれば、いささか懐具合が厳しくなるラインでもあった。内職に手を染めていてもおかしくない。

問題なのは御典医の方だろう。今から八年前の慶安三年（一六五〇年）、大老の病を治した医師が、幕府から二〇〇〇両もの薬代を与えられたことは今も江戸の語り草だ。

ちなみにこの額は現代価格に変換すればおよそ二億円にも及ぶ。

しかも医師の給与には日給の御役料も加算されるため、一生食うに困らないだけの財産が懐に転がり込んでくることを意味する。

社会的地位も高く、将軍と日常的に接する御典医は旗本並の地位を得ることができ、実際に領地も与えられるので——事実上、武士となんら変わりがない存在だといって良い。

「御典医と料理人の役料を合わせるなど、そのように莫大な禄《ろく》をいただいても……！」

「平次よ、貰えるものは貰えるうちに貰っておくものぞ」

断りの声を上げようとした青年を押さえるように正之は言った。

「それに、儂らとしても禄を与えるということは重要な意味を持つ。禄を与えるということは、その者に対し、組織が首輪をつけているということを示すことでもある。それに責任の問題もある。対価のない仕事など、様々な意味で長続きしないものだ」

正之はさらに続けた。

「それに、おぬしが仮に、夢である料理茶屋を構えることになったとしよう。建設費や材料費もタダではないぞ。相応の支度金が必要になる」

実に痛いところを突かれた気がする。

たしかに、そうなのだ。夢は幾らだって見ることができる。

だが夢だけで世の中は回らない。江戸には至るところに貧困が潜んでおり、平次は医療という実践的な行為を通して人間の貧富にまつわる生々しい部分を嫌と言うほど理解させられていた。

金儲けのために料理を作りたいのではない。

されど事実問題として、そこに至るまでの金策を考えなければならないのだ。

それが解決するのだと思えば、気は引けるものの――悪い話ではないのかもしれない。

「では、よろしく頼むぞ。おぬしの役名であるが、『膳医』としておこうか。あくまでも特例措置によって創設されたものであり、一代限りの臨時職という扱いになる」

儂の仰せつかっておる大政参与と同じよ――と正之は言った。

「役目は朝晩二回、上様の召し上がる膳を準備すること。そして朝の診察を行うことである。上様のご体調がすぐれない時には、その適切な処置も行って貰いたい。そして、これは儂個人の依頼ではあるが……上様の体質を、おぬしに変えて欲しいと思っておるのだ」

「体質を、ですか」

「うむ、そうだ」

正之はうなずき、続ける。

「上様はあの日、池に落ちられたと聞いている。いつもの上様であればお風邪を召されていたはずなのだが……しかしおぬしの膳を食し、おぬしの献言を容れたことで、体調を損ねることを回避することができたのだ。儂はそこに、希望を見出しておる」

真面目な顔付きになった会津中将は、平次を見据えて重々しく言った。

「おぬしは江戸の民の健康を、食から変えようとしていたそうな。ならばその正当性を、上様をお支えすることで天下にあまねく示してみせよ。ひとりのおなごの健康すら維持できぬとなれば、民も納得せんだろう」

それは実に挑発的な言葉でもある。だが確かに、一理ある言葉でもあった。

お綱を医食の面で支え通すことができれば、とてつもない宣伝となるだろう。

そんなことを思う平次に正之は言った。

「もちろん、ずっと上様にお仕えせよと言っている訳ではない。上様はやがて、征夷大将軍の座を譲位されることになっている。その後はおぬしの好きにして貰って構わん。おぬしの願いを実現するため、儂も助力することはやぶさかではない」

「譲位……？」

気になる言葉が混ざっていたので問い返すが、正之は何も応じなかった。

厳然とした調子で彼は言葉を続ける。

「だが、そのためにも皆を納得させる材料が必要であろう。何の審査も経ずにおぬしを採用したとなれば、心無い輩《やから》が騒ぎ出す。いつでも他人の足を引っ張るしか能のない者はいるものだからな」

江戸幕府の権力者はにやりと口元を歪める。

「とはいえ、おぬしの料理の腕を試験するだけで十分であろう。それさえ確かめられれば、うるさいネズミ共は儂が黙らせるゆえ」

その言葉を聞いた瞬間、平次は悟った。ああ、駄目だ。絶対に敵わない。何があってもこの老人を敵に回すような真似はしないようにしよう。

いや、そんなことよりも両親にどう報告すればいいのだろうか。幕府の官吏が伝えに行くと言っていたが、まさか江戸城に常駐することはないだろうし、自宅には帰らなければならない訳で。

（俺は一体、これからどうなるんだ……）

頭を抱える平次だったが、しかし悪いことだけではないと頭の片隅で理解していた。

なにしろ、お綱という絶世の薄幸系美女の側にいることができるのだから。

そっと視線を移してうかがい見てみると、彼女はずっと平次のことを見続けていた。

交わる視線。そして姫将軍はまたもや顔を赤らめて縮こまり、うつむいてしまう。

所在なさげに前髪をいじりながらも、ちらちらとこちらに視線を送ってくるお姫様。

その仕草を見た瞬間、平次は胸の奥底が強く揺り動かされたのを感じた。自分の心が遠いどこかに囚われてしまったような気がしてならなかった。

そしてそんなことを考えている時点で、自分がどのような感情を抱いているのかを自覚せざるを得なくなる。そう、不思議と惹《ひ》かれていたのだ。あの不健康な女性に。

この気持ちが恋なのかどうかは、平次自身、よく分からなかったのだけれども。

## 第五幕　江戸城の御膳所／ふたりで

江戸城は幕府の権力中枢だが、そのすべてが官僚たちの拠点というわけではない。

国政の中心はあくまでも、江戸城本丸の『表』にある。

ここに将軍が座し、諸大名が引見され、役人たちが押し合い圧し合いしながら働いているのだ。

中心となり得る場所はもうひとつあり、そこが『中奥』と呼ばれる区画だった。

将軍が公私にわたって使用する空間であり、しばしば重要な話し合いが行われるからである。

それに対し、平次が移送されてきた二ノ丸は――そういった政治的喧騒《けんそう》とは無縁な場所だった。

明暦の大火によって焼き尽くされ、未だに再整備も進んでいない庭園。

ただ池のみが残るその場所で、お綱はしっとりとした声で呼びかける。

「平次様、本当に申し訳ございませんでした。このような大事に巻き込んでしまって……」

「いえ、そのようなことは……」

平次に課す試験の準備のために正之が去った後――東屋に上がってお綱の隣に腰を下ろすよう促された平次は、慎重に言葉を紡いだ。

彼女が良いところのお姫様だということは、容易に察することができていた。

だがしかし、まさか、武家社会の頂点である征夷大将軍その人だとは思いもしなかったのだ。想定の範囲外と言っても良い。いや、こんな事態を誰が想定できようか。

（そもそもからして、徳川家綱公は男じゃなかったのか……？）

歴史に詳しくない平次だが、日本史の時間で女性将軍の話を聞いたことはなかった。

それに、そんな人物がいれば確実に教科書に乗っているはずだが——記憶にはまるでない。

（色々と疑問もあるけれど、問い質《ただ》したところでどうにもならないだろうしなぁ）

保科正之という幕府の大政参与がお綱を将軍だと言っている以上、それがきっと真実であり現実なのだろう。

あの日、北町奉行所の役人が厳重な警備態勢で本船町の診療所を訪れたことも説明がつく。

「ですが、わたくしは平次様に謝罪をせねばなりません。このたびのことは、すべて、わたくしのわがままに端を発しているのですから」

お綱はそう言って深々と頭を下げる。

対し、平次は慌てて顔を上げるように促した。

将軍に頭を下げさせたとなれば大問題に発展しかねない。

「お綱様のわがままであれば付き合います。それに、私はまた上様にお会いできて嬉しく思っています。謝罪の必要などまるでないのです」

「平次様……」

お綱はそっと頭を上げて、また深々と腰を折った。

黒を基調とし、白の華やかな文様が刺繍《ししゅう》された打掛が揺れる。

「どうもありがとうございます。こんなわたくしのことを許して下さって」

「許すも何も……」

そこまで言いかけて、平次は口をつぐんだ。このままでは堂々巡りになりかねない。

何か別の会話の糸口を見つけなくてはならないだろう。

「そんなことよりも、お綱様がまさか征夷大将軍であられるとは思いませんでした」

平次は添えるように付言する。

「俺はてっきり、男性だとばかり思っていましたから。徳川将軍家の御当主が女性だとは、まるで想像していなかったのです。あるいは江戸の民たちもそうでしょう」

「ええ」

お綱はうなずいた。

「まさしくその通りであると思います。わたくしの情報はあまり外に出ないよう、幕閣の者たちが取り計らっていますから」

それを聞いた平次は、小さくうなってから尋ねる。

「しかし、どうしてまたそのような？　隠し事をするようなことではないのではありませんか？　上様が明暦の大火後の城下町復興に私財を投げ打って尽力していることを、民の誰もが知っています。誰もが諸手を上げて受け容れましょう」

「それは、困ります」

お綱は静かに言った。

「わたくしは表に出てはならない人間なのです。とりわけて幕府にとっては」

「幕府？」

意外な回答に、平次は驚きながら応じた。

「それはまたどうしてですか？　幕府は上様の統率下にあるのでしょう？」

「そんなもの、あくまでも建前にしか過ぎません」

お綱は胸元を押さえながら言う。

「幕府は組織です。大勢の者たちがおります。彼らの意向を汲まねばどうしようもないのです」

ああ、なるほど——平次は納得した。先ほどの正之の会話が思い返される。

（御膳所や医療の在り方を変えるためにも、断食だとか、そういった命にかかわる手段を持ち出さないといけなかったんだもんな……）

そんなことを思う平次に、お綱は言う。

「幕府にとって、わたくしはあくまでも飾《かざ》り雛《びな》でしかありません。わたくしの人格など、どうだっていいのです」

「上様、しかしそれは……」

「事実、そうなのです」

頑として姫将軍は自説を揺るがさず、断定する。

「彼らにとって都合のよい、物言わぬ人形でなければならないのです、わたくしは。幕臣の誰もがそう望んでいるのですから」

「……」

「ですが、平次様はそうではありませんでした」

お綱は縋るように言った。

「わたくしを、ひとりの人間として救って下さったのです」

「いえ、ですから……」

ことのほか強く、潤んだ視線を向けられて平次はたじろぐ。

「あくまでも、医師として普通のことをしたまでであって……」

「平次様の仰る普通は、江戸城《ここ》では普通ではないのです」

じわりと姫将軍の双眼に涙が浮かぶ。平次はまた心が逸《はや》るのを覚えた。

彼女を泣かせたことが露見すれば、きっと打ち首は免《まぬが》れ得ないだろう。

「ああ、分かりました……分かりましたから」

いよいよ泣きだしそうな顔になる姫将軍を、平次は一生懸命になだめた。

幕府にとっての飾り雛であろうが、お綱が征夷大将軍であることに間違いはない。

そして幕府の者たちは、たとえお飾りであったとしても、自らの象徴的権威を傷つけられたとなれば容赦はしないだろう。

伝統的組織において、象徴機能は無思考のまま構成員に賛美される傾向にある。

「上様、私が無粋でした。どうか気を鎮めて下さいますよう……」

「いやですっ」

お綱はだだをこねる子供のような態度で言った。

「どうして平次様は、そのように他人行儀にされるのですか。それに『私』だなんて！　あの時のあなたは『俺』と言っていたではありませんかっ！」

「それはあくまでも礼儀上の問題です。あの時はまさか上様だと思わず……」

「それが嫌なのです……！」

両目からぽたぽたと涙を滴らせ、しゃくりあげながらお綱は訴える。

「あなたは、わたくしをはじめてひとりの人間として扱って下さったのに……！」

平次は大きく目を見開いた後、こめかみに指を当てた。

「ああ、いえ、その……お綱様……」

「さま……」

「お綱、さん……」

「……」

「……はいっ」

ようやく納得したのだろう。お綱はごしごしと両目をこすり、泣き笑いの顔をみせる。

対して、平次は内心では――これからのことに不安を覚えていた。

彼女はこの時代の最高権力者だ。にも拘らず、その立場は想定していた以上に不安定らしい。

なかなか面倒臭い事態に巻き込まれてしまったと思うが、これもまた運命なのだろう。人生とはやはり、ままならないものだ。

「しかし、よろしいのですか？」

平次は伺った。

「保科様はわた……俺の料理の腕を試験すると仰っていました。あまりお待たせするのは……」

「よいのです」

お綱は涙の跡を拭い去り、パチパチと目蓋《まぶた》を瞬かせながら言う。

「わたくしはもう、この件についてはわがままを貫き通すと決めたのですから」

姫将軍は僅かに笑う。かと思うと、すぐに暗鬱な表情を見せた。

「ですが、そのわがままでわたくしは……平次様を巻き込んで……」

「ああ、いえ……ああっ、もう」

またネガティブな感情に支配されかけているお綱を見て、平次はもどかしさに全身を震わせる。

どうやらこのお姫様は、躁鬱《そううつ》がなかなか激しいようだ。

「お綱さん、俺は先ほど言いましたよね。あなたにまたお会いできて嬉しかったと」

「ですが、それとこれとでは話が別です……」

少女はすんすんと鼻を鳴らす。

「わたくしは平次様だけではなく、お満様や、あるいは日本橋界隈の民たちをも巻き込んでしまったのです。あなたを脅すようにわたくし自身をダシに使い、城下町から城内に取り上げることで」

「お綱さん……」

平次は面食らったように少女の名を呼んだ。意外だった。経験則として、こういったタイプの人間は、なんだかんだで自分のことしか考えていないことが多いからである。

しかし彼女はそうではなく、自分だけではなく相手のこと、そして相手の背後にある人間関係をも考えて気を病んでいるのだ。

(そのあたり、流石は将軍のまなざしということなんだろうな……)

平次は内心で感嘆しながら姫将軍に言った。

「おそらくは、これで良かったのです。あのままの生活を続けていたら、きっと、俺の夢は芽を出すことも日の目を見ることもなかったでしょうから」

「……」

「そう言った意味で、感謝しています。しがらみで身動きが取れなくなっていた以上、誰かに無理矢理にでも引っ張り出して貰う必要がありましたから」

「……お優しいのですね」

お綱はささやくように言った。

「ですが、ありがとうございます。そう仰って頂けると、心も幾許《いくばく》か軽くなりますから」

平次はうなずいた。そして姫将軍を見る。すると彼女は気恥ずかしそうに微笑んだ。

「平次様、どうか末永くよろしくお願い致しますね」

その言い方は、どこか羞恥を誘うものですらある。

事実、平次は己の頬が赤く染まっていくのを自覚していた。

(まるで嫁入りにでも行く時の言葉のような……)

だがそんな不躾《ぶしつけ》な思考を、平次はすぐに追い払う。

相手は将軍だ。日本の頂点に君臨する存在なのだ。

彼女に心惹かれるまでならまだしも、自分の手垢に染めることなど考えてはならないだろう。

（とはいえ、悪い気がしないのも事実なんだよな……）

幼稚な喜びであることは理解していたが、江戸時代に転生してからずっと、周囲との関係性のなかに自分の願望を埋没させてきた平次は感情を押さえられなかった。

頬が緩むのを感じる。そもそもからして、診察の時を除き、美しい女性とここまで会話をした経験など平次にはない。枯れていた大地に水が沁《し》み込んでいくような充足感を覚えた。

「あっ……いやです、わたくし……なんとはしたないことを……」

平次の気分は容易にお綱へと伝わっていく。

少女は自分の発した言葉を意識して、途端に恥じらう女の表情になる。

そしてそれを見て、平次は自分の感情が気取られたことに――たちまち気恥ずかしさを覚えた。心惹かれる女性が恥ずかしがっているという視覚的な影響も大きかった。

しばらくふたりでもじもじとしていると、あっという間に時間が経ってしまう。

ふたりの間に漂う甘酸っぱい雰囲気が揺らいだのは、互いにちらちらと顔を見つめ合いながら――およそ三〇分が経った頃だった。

「上様、お迎えに上がりました」

声のした方向に顔を向け、平次は膝立ちになる。

当然のことだが、見覚えのない男たちが駕籠を運んできていた。

いずれも江戸幕府の役人なのだろう。お綱が立ち上がると、折り目正しく礼の姿勢を取った。

「平次、あなたもこちらへ」

お綱が呼び捨てにして声を掛けた。当然のことだった。ここで『平次様』などと呼ぶようなことがあれば、身分制度によって成り立つ幕府の価値体系は粉微塵《こなみじん》に粉砕《ふんさい》されてしまうだろう。

「おそらく爺がしびれを切らしたのでしょう。そろそろ向かわねばなりません」

姫将軍はそう語った後、迎えに来た男たちの頭領らしき相手に言った。

「爺はなんと言っておりましたか」

「ははっ、上様と新たにお迎えした膳医殿をお連れせよと」

「他には？」

「特にお伺いしておりません」

「そうですか」

お綱は微苦笑を浮かべながら男に応じた。

「そうだろうと思っていました」

平次には彼女の言葉の意味を理解することができない。

しかし喉に引っかかった小魚の骨のような違和感を覚えていた。いつか分かる時が来るのかもしれないが、少なくともそれはいまではないだろう。それだけは理解している。

◆　◆　◆

これまでの自分とは、まるで異なる立場で仕事に従事するということ。

突然のように降ってわいた新状況は、平次の心を強く刺激していた。

徳川将軍のために料理を作り、日々の診察を行うこと。仕事の内容自体は、平次がこれまで城下町で患者相手行ってきたこととおおよそ変わりない。

だが、そこに付随する社会的な責任は格段に違ってくるだろう。

そういった不安が浮かんでくるが、考えても仕方がないことであると分かってもいた。なってしまったものはどうしようもないし、そこからどう動くかが大切なのだということも。

本丸の御膳所で駕籠から下ろされると、そこでは正之が待ち受けていた。

彼は平次とお綱の到着が遅れたことには触れず、広々とした御膳所を案内してくれる。

大勢の料理人が出入りすることを想定して作られたのだろう。台所としては、これまで見たことがないほど大規模なものだった。

ずらりと並ぶ木製の調理台。庖丁やすり鉢などの調理器具もすべて用意されている。

へっついは一〇基あったが、これは大勢の料理人が大量の食事を作ることを前提にしているからだ。

平次個人がすべてのへっついを同時に使う機会は、まずないだろう。

「おぬしには、ここで働いてもらうことになる」

まだ真新しく、木の香りが漂う御膳所。

そこに響く正之の声が、どこか非現実的なものとして鼓膜に響く。

(こんなにも充実している場所が、俺の職場……?)

もちろん江戸時代である。ガスも電気もなく、便利なものはなにもない。

しかし料理とは、究極的には『煮る』ことができて『蒸す』ことができて『焼く』ことのできる設備さえあればどうにだってなる。

そういった意味において、江戸城の御膳所は実に理想的な場所と言えた。

「膳医の職務は一般の官吏とは異なる。上様のご予定を配慮しながら行ってもらうことになろう」

正之は、御膳所に強い感動を覚えている平次に言い聞かせるように続ける。

「上様は卯の刻(午前六時)に御起床され、辰の刻(午前八時)に朝食を召し上がる。すなわち、おぬしは卯の刻の前に登城を済ませ、辰の刻までに食事を作り終えねばならぬ」

「はい」

「そして朝食が済んだのち、上様のご血色を確認するのだ。それが終われば、しばらくは好き勝手に過ごしてもらって構わぬ」

「は……?」

正之の言葉に、平次は疑念の声で応じた。

上位者に対して行うべきではない行為だった。それが分からぬ平次ではない。

にもかかわらずそうしてしまったのは、正之の言葉がまったく予想外だったからだ。

「どうした、不服か？」

「いえ、そうではございません。もっと仕事があると思いましたので」

「ふむ。しかし上様に何かあれば、おぬしにすぐに対応して貰うことになる。存外に、仕事に追われることになるやも知れぬぞ」

「はい」

平次はひとつうなずいてから、正之の心を探るように言った。

「もっとも、そのような対応がなくなるように致しますが」

「大きく出たではないか。その姿勢は決して嫌いではない、若者にしかできぬ態度だからだ」

会津中将は口角を僅かに釣り上げた後、少し間を置いてから会話を続けた。

「話を戻そう。上様は朝食の後、夕餉のはじまる酉の刻（午後六時）前のご入浴まで、特に予定を入れてはおられぬ。おぬしはその夕餉の時刻までに準備を終えてもらいたい」

要するに、お綱は食事が終わると夕食まで何もすることがない——ということでもある。

「保科様」

「また質問があるのかね」

正之は表情を変えることなく訊く。

「言ってみるがいい。分からぬことをそのままにしておくよりは、よっぽど良いだろう」

「ありがとうございます」

平次は頭を下げてから、尋ねた。

「というのは他でもありません、上様のことです。保科様のお話を聞く限り、上様は御政務を取っておられないかのようですが」

「……そうだ」

正之はうなずいた。ただそれだけだった。されど馬鹿でも分かる。これ以上聞けば、きっと自分にとって良くないことが起こるのだろうということくらいは。

「……では、辰と酉の時刻に合わせてお食事を手配。辰の刻の食事の後、上様の診察を致します」

「それでよい。余計な詮索《せんさく》は、しない方が賢明ということだ」

江戸幕府の重鎮は、さらりとそんなことを言う。

先ほどのお綱の言葉が思い返された。やはり、将軍と幕府の関係は簡単なものではないらしい。

(お綱さんが江戸城を抜け出した理由、気になるな……なかなか闇が深そうだが)

平次はそんなことを考えながら、正之に言葉を投げかける。

「では、最後に……」

「まだあるのか?」

「はい、お聞きしなければならないことです」

会津中将を見つめながら、平次は尋ねた。

「上様の好物やお嫌いなもの、そして食べられないものがあれば事前にお伺いしたく」

「たしかに、それはおぬしが知っておくべき事柄だ」

彼はうなずいた。

「まずは、上様にお出しできぬ食材があることを覚えておくが良い。野菜であればネギやニラにラッキョウ。魚であればマグロにイワシ、サンマは厳禁である。貝類であれば、カキにアサリはお出しすることは叶わぬ。肉類はツルやカモ、ウサギを除いて認められん」

平次は思わず口をあんぐりと開いてしまう。

そして理解する。お綱がネギの存在すら知らなかった理由を。

「な、何故ですか？　何故そのような決まりごとが……」

「『格』の問題だ」

正之は至極当然のように語る。

「徳川将軍が口に運ぶことのできる食材は、その口にふさわしい『格』のものに限る。故に、将軍にふさわしからぬ品は、すべて排除されなくてはならない」

「怖れながら」

「申せ」

重々しいオーラをまとう偉人の瞳をしっかりと見据えながら、平次は断じた。

「そのような下らないしきたりは、なくしてしまうに限ります」

「なんだと？」

正之は流石に眉を寄せた。今日出会ったばかりの無位無官の若造が、幕府のしきたりを撤廃しろと言っているのだ。不快感を覚えたり、あるいは不信感を抱かれたりしてもおかしくない。

「もちろん、お叱りは承知の上です。ですがそれを踏まえても、献言させて頂きたく……」

「……ふむ」

平次にとって幸運だったのは、保科正之という男が短慮《たんりょ》を起こすような人間ではなかったということだろう。

彼はすぐに「申してみよ」と続きを促した。お綱の視線を感じつつ平次は言う。

「はい。気付いたのですが、先ほど保科様が列挙した品々こそ、上様のお身体を健康にし得る食材に他ならないのです」

「む……」

正之の目の色が変わった。期待の焔《ほむら》が眼孔奥深くに宿ったのが見えた。

どうやら彼は、複雑な立場にありながらも——お綱の身体を案じる気持ちは本物らしい。

「たとえばネギは、上様を風邪から守る効果が期待できます。カキは栄養が豊富ですし、なにより貧血を和らげてくれるでしょう」

平次ははっきりと言い切った。

「もし保科様が、上様のお身体を真に案じておられるのであれば……そのようなしきたりは、絶対に撤廃せねばなりません」

その言葉を受けて、正之は思案顔になる。

彼の立場からすれば、伝統や慣習というものは是が非でも守らなければならないもののはずだ。

「爺、平次の言う通りになさい」

だが、問題はすぐに解決することになる。お綱の存在だった。

正之は姫将軍に向き直り、首を垂れる。

「幕閣の者が騒いだとしても、わたくし一代限りの特例とすれば問題はないでしょう。所詮はおなごのたわむれに過ぎず、次代には引き継がないと決めるならば」

「仰る通りに致します」

幕府の大政参与とはいえ、お綱が直々に下す命令には従わざるを得ないのだろう。

「上様のご意向である。平次よ、おぬしの献言は受け入れられた。他の者も、上様の望まれたことだと聞けば……表面上は黙っておくほかにあるまい」

何やら含みのある言葉だった。要するに『不満を抱く者が出るだろう』と言っているのだ。

(当然、だよな……)

組織に属している者たちは、従来のやり方が変えられることに抵抗感を覚える傾向にある。たとえ自分に関係ない部署にいたとしてもだ。変化とはストレスであり、組織という安定感が求められる共同体においては脅威として認識されがちだった。

「では、これからは必要な食材をしたためて、各種の調達を管轄する賄頭に渡すが良い。さすれば望みの食材が手配されるだろう。明日にでも、賄頭に引き合わせようではないか」

「ありがとうございます」

頭を下げた平次に、正之は深みのある声で言った。

「おぬしの責任は重大ぞ。食材の禁を取り払うからには、必ず上様のご健康を保たせねばならん。

それを自覚した上で仕事に励むのだ、よいな?」

「はっ」

「では、これよりはおぬしの腕前をみせてもらうことにしよう」

正之は調理台の上を指し示す。そこには様々な籠や桶が置いてあった。

「そこには儂の選んだ食材が入っておる。そのすべてを用い、今宵の食事を用意せよ。おぬしの分も含めて四人前をな」

「四人前ですか」

「そうだ」

うなずいた後、正之は悠然《ゆうぜん》と言った。

「存分に腕を振るうがいい。儂はこれより政務に戻らねばならぬ。では、上様……また後程」

「はい」

お綱が応答すると、彼は足早に御膳所から去って行った。

扉が丁寧に閉められたのを見た途端、お綱はほっと一息ついた。

(色々と難しい関係なんだろうな、お綱さんと保科様は)

安堵の表情を浮かべている姫将軍を見ながら、平次はそんなことを思う。

(なんだか色々と大変そうな気がしてきたぞ……)

思わず盛大にため息をもらした平次。それを見てお綱は苦笑した。

「やはり、爺は怖いでしょうか?」

「いえ、怖いとは思いません。ただ、その」

平次は口ごもった。

「やはり圧倒されます。格の違いを見せつけられているようで」

「なるほど、そうでしたか」

お綱はうなずく。

「爺は、今の日ノ本に生きる誰よりも優れた人物。それを疑う余地はありません。深謀遠慮、目先の事よりも、将来の事を重視する御方……わたくしなどより、はるかに将軍の座にふさわしいでしょう」

平次は何も言えなかった。

その言葉が、客観的に、事実をそのまま表していることが理解できるからだ。

しかしそれは、お綱を否定することにもつながる。先程までの会話と取り乱し様から、彼女が精神的にもろいことは理解していた。いたずらに心へひびを入れる必要はないだろう。

なんとかして上手く煙にまける言葉はないか、平次は瞬間的に考えた。だが、何も思い浮かばなかった。お綱と視線が合う。彼女の目は平次だけを見つめ、そして不安に揺れている。

思わず、また、ため息が漏れた。

「……ですが、俺がお仕えする上様はあなたです、お綱さん」

少女の瞳に安堵《あんど》の色が浮かんだ。

「頼りなく愚かなおなごでしかありませんが」

「だとしても、その様なことは仰らない方が良いでしょう。言葉に出した時点で、それが真実になってしまう……そう思いますから」

「はい」

平次は従順にうなずく美しい少女を見た。実に困ったことだ。これではどちらの立場が上か分からないではないか。

「それに、男だとか女だとか、そんな壁をあらかじめ作ってもろくなことがないと思います。だいたい、性別で人間の優劣が決まるはずもないですし」

目をぱちくりとしているお綱に、平次は重ねて言った。

「第一、あなたが頼りないという基準はどこにあるのですか？　愚かだと断じる理由は？　もし保科様が基準だと仰るなら、それは当然の話だと言うしかない」

「……」

「相手は日本の誰よりも優れた人物なのでしょう？　そんな相手と自分を比べてもどうしようもないではありませんか」

生まれてこの方、はじめて巡り合えたもっとも美しい女性。

だが、彼女は檻の中に閉じ込められている。幕府というシステムのなかに、あるいは将軍という地位のなかに。はたまた、自分自身に対する諦め——自己規定の意識のなかに。

どうにかして力になることはできないだろうか、と思った。彼女の美しさが半減している、と率直に思えた。そこまで考えて、平次は自分の心の動きに呆れかえる。

（まるで底なし沼だ）

目的を見失ってはならないと平次は思った。

自分の夢は江戸に安価で美味いレストランを開くことにあるのだ。将軍の直臣となって城下町のしがらみから引き離された今、その願いを叶えるまたとない機会なのだということは常に意識しておく必要がありそうだ。

「あなたはあなただ」

「わたくしはわたくし……？」

平次は子犬のように揺れるお綱の瞳を見つめながら言った。

「そして俺がお仕えするのも、あなたなのです」

「……」

「征夷大将軍である貴人に対し、非礼極まりないと承知しながら申し上げるならば」

平次ははっきりとした声で言った。

「あなたが望んだから、俺はここにいる。あなただから、俺は仕官の要請をお受けしたのです。あなたが何かを望む時、俺はその通りの存在になりましょう」

ですが、と背筋を伸ばしながら続ける。

「あなたが望まなければ、俺はこの城において無価値です。ゆえに望むことが大切なのです。行動することが大切なのです。そうしなければ何も伝わらない」

平次は呆然と立ち尽くすお綱の前に進み、片膝をついた。随分と儀礼染みたことをしていると理解していた。だがそれで良いではないか、という思いの方が強かった。

彼女の手を取って伏し拝みながら、平次は告げる。

「どうか俺の前では、血の通ったひとりの人間でいてください。先ほど泣きながら訴えて下さったように、赤裸々に感情を露わにして下さって構いません。その限りにおいて、俺は、誠心誠意あなたの心にお応えしましょう」

やがてお綱は瞳を潤ませて、しばらく間を置いた後――こくりとうなずいた。

# 第六幕　初膳／料理の価値は

日本には中世以来、『庖丁道』と呼ばれる独特の作法体系がある。

肉にせよ魚にせよ野菜にせよ、そのすべてに切り方や配膳などのルールが定まっていた。

それを知っていなければ『教養がない』として嘲笑の対象にもなり得る。

平次は歴史に詳しくない。仮に詳しかったとしても、江戸の厨房で、いかなる流儀に基づいて料理が作られていたかを把握することなどまずなかっただろう。

対してお綱や正之は、有職故実——連綿と受け継がれてきた作法——に通じているであろう相手である。

そういった相手に現代的な庖丁使いが許されるのかと悩んだが、もう開き直ることにした。

(どうせ保科様も『由緒正しき作法』なんて町人上がりの相手に求めていないだろうし)

無い袖は振れない。ならば己の技術だけで真っ向勝負するしかない。

平次はそのように覚悟を決めると、先ほどの発破が効いたのか——どこか雰囲気が変わったお綱に視線を向けた。

「では、これより調理に取り掛かろうと思うのですが……」

「はい、なんでございましょう」

平次の視線を受けて、きょとんと首をかしげてみせるお綱。

美しさと可愛らしさが絶妙に混ざり合った仕草に、思わず胸が高鳴ってしまう。

だが、いつまでも見とれてはいられない。

料理を提供する際に、知っておかねばならないことがあった。

「普段、お綱さんはどれだけの量を召し上がるのでしょうか」

「ふだん、でございますか？」

右手の人差し指を唇に押し当てて僅かに思考した後——お綱は口を開く。

「そうですね……御飯はおおよそ二口。汁は飲みますけれど、おかずは五口も食べれば満足してしまいます」

「は……？」

思わず疑念の声が漏れ出てしまう。

それを聞いたお綱は「ほんとうですよ」と応じた。

「わたくしはいつも、その程度しか食べることができなかったのです」

「ですが、あの時にお出しした卵雑炊の量は……」

しっかりと一人前はあったはずだ——そんなことを思う平次に、お綱はうなずいた。

「つまり、平次様に御馳走していただいたあの雑炊が……わたくしが生涯でもっとも量を口にした料理だったのです」

「本当ですか……？」

「わたくしは、絶対に嘘偽りの言葉を漏らさぬようにと教えられて一八歳になったのですけれど」

平次の問い返しが不服だったようで、お綱はぷくーっと頬を膨らませて抗議する。

それはまるで、ヒマワリの種を溜め込んで頬を膨らませたハムスターのよう。

こんな将軍様の表情を、どれほどの幕臣が見たことがあるのだろうか。

「ですから、本当の事しか申しません。いままで朝夕の食事はずっと一汁二菜でしたし、それ以上を出されても食べきることができませんでした。普段の食事すら、常に残していたのですから」

「そう、だったのですね」

事前に聞けて良かったと心底そう思う。

気合を入れてたくさん量を作ったところで、きっと彼女を困らせていただろうから。

「でっ、ですけれど……！」

平次に駆け寄ると、お綱は男の着物の袖をにぎってブンブンと首を左右に振りながら言った。

「わたくしは平次様のお作りになった料理を、お腹がいっぱいになるまで食べたいと願っております。あなたのお出しになったものなら、絶対に食べきることができると思うのです……！」

「ふむ……」

お願いされた手前、少しだけ考えるふりをする。

だが、結論は最初から決まっているようなものだった。

(どちらにせよ、作り過ぎちゃだめだな。量を食べられるようになった時にはじめて、増量を考えれば良い。栄養を取る上で優先するべきは、嵩《かさ》よりも質なわけだし)

とはいえ、気になることもある。それが、四食分を用意しろと言った正之の言葉だ。

つまるところ、平次とお綱と正之以外に——もうひとり、相伴《しょうばん》する者がいることを示している。

（お綱さんのは少な目でもいいけど、保科様や他の誰かの分量はそれなりに確保しておかないといけないだろうな……）

とはいえ、そういったことはあくまでもついででしかない。

麗しの姫将軍のために食事を作るという基本線は、しっかりと維持せねばならないだろう。

「わかりました」

平次はお綱を見た。やはり、美しいと思う。

それは外見だけの話ではない。香り立つような気品があった。

あるいは、繋ぎ止めておかねば容易に崩れて消えてしまいそうな気配がそう思わせるのかもしれない。

「お綱さん、あなたのためだけに腕を振るわせて頂きます」

お綱は呆気に取られたような顔をしていたが、すぐに、

「平次様……」

「……はいっ！」

ぱぁっと桜が咲き誇ったかのような、美しく尊い清楚な笑顔を見せてくれる。

どうしてそんな表情を向けてくれるのだろう、と思った。

彼女の命を救ったからだろうか。あるいは、もしかすると——

（いやいや、そんなことよりもまずは料理だ。タイムリミットだってあるんだから）

ひとまず思考を振り切って、平次は用意されている食材に目を配っていく。

それなりの量があった。籠のなかには野菜類、桶のなかには魚介類が入っている。獣肉系は用意されていなかった。

（なるほど、野菜系は長芋、ナス、ニンジン、唐辛子。魚介系はクルマエビ、タイ、キス、アワビか……）

これらすべてを使って調理をしなければならない訳で、なかなか骨が折れそうだ。

ちなみに味噌や醤油や塩といった調味料は各種そろっている。

（さて、何を作ったものか……。無難にこの時代に即したものにするか、あるいは現代風のものにするべきか）

だが、平次のそんな思考の揺《ゆ》らぎはすぐに正された。

桶の中を興味深そうに覗き見ているお綱が目に映ったからだ。

（きっと、調理前の食材を見るのも初めてなんだろうな……）

魚介類を見て感嘆の吐息をもらしている姫将軍に苦笑しながら、平次はそんなことを思う。

（よし、お綱さんが新鮮さを覚えながら……それでいて喜んでくれるものを作ろう）

方向性は決まった。後は作るだけだ。

平次は気合を入れて、グッと握りこぶしに力を入れる。

用意されていた前掛けをしゅるりと結ぶと、改めて気合を入れ直した平次は三基のへっついに火をともす。

その作業を行いながら、頭のなかにふと疑念が浮かんできた。

(江戸城の本丸で、火を使っていいものなのか……?)

用意されている調味料のなかにはごま油などもある。

仮に失火するようなことがあれば、幕府の権力中枢である表や中奥を全焼させかねない。

(まぁ、でも、かまどがあって油もあるってことは、そういうことだもんな)

平次は深く考えないことにして、早速調理をはじめることにした。

まずはクルマエビを手に取る。おそらく江戸前の最上級品だ。

現代社会では養殖技術の発達によって、安定的に高品質のエビを生産できるようになっている。

されど当然のことながら、江戸時代ではやはり漁に頼らざるを得ない。

大きさに多少のばらつきがあるのは当然で、これは致し方のないことなのだろう。

(もっとも、ほぼほぼ均質的なものが準備されているってことは、誰かが品質を吟味しているんだろう)

そんなことを思いながらクルマエビの殻《から》を剝きはじめる平次。その手を見て、お綱が驚いたような声を上げた。

「あっ……エビは、尾頭付きで塩焼きにするのではないのですか……?」

どうやら江戸城では皮ごと焼いて、それを食膳に上せるらしい。

将軍が殻ごとバリボリと貪《むさぼ》るわけがないので、侍女が殻剝きを手伝うのだろう。

いずれにせよ、お綱にとってはエビはそのまま焼くのが常識——という思考回路があるようだ。

「そうです。エビには塩焼き以外にも、色々な調理法があるんです」

「そうなのですね」

お綱は首をかしげてみせながら続けた。

「わたくし、エビはそのまま塩焼きにしたものしか見たことがありませんから……」

平次は驚きを隠さぬまま、彼女の説明に耳を傾ける。

「城では決まった献立のものしか出ません。繰り返し繰り返し、日を跨《また》いで同じ料理が供されるのです」

どうやら江戸城では、実に機械的に食事が提供されているらしい。

いや、それも当然だろうと平次は思う。学校と一緒だ。大勢の人間が動く組織においては、どうしても画一的にならねばならないところがある。

(もしかすると、お綱さんの小食って……そういったストレスに影響されている部分があるんじゃないだろうか)

想像は尽きないが、まずは料理に専念せねばならない。

「では、今宵はお綱さんが見て食べて楽しめるようなものを作りましょう」

「楽しみです」

ふわりとした気品ある笑みを見て、平次は調理モードに心を切り替える。

まずはもくもくとエビの殻剝き。ぷりっぷりの身を露わにさせた後、庖丁を手に取った。

(きっと保科様はエビの塩焼きを想定して、火の通り具合を評価しようと思っているんだろうな)

だが平次は八尾あるエビのうち、六尾をペースト状になるまで細かく切り刻んでしまっている。残りの二尾はぶつ切りにしていた。

お綱は想定外の調理に目をまん丸にしていたが、興味を押さえきれなかったらしい。たまらず声を上げた。

「平次様、エビの頭や殻を鍋に入れて……どうされるおつもりなのですか？」

「ああ、エビから出汁を取ろうと思いまして」

「出汁を、ですか……？」

お綱の貌に疑問符が浮かぶ。

「その、わたくしの素人知識ですが……出汁とはかつお節から取るものなのではないでしょうか」

「たしかに、それが一般的です。ですが、出汁自体は色々な具材から取れるものなんです」

四人前の味噌汁を作るため、クルマエビの頭と殻をぐつぐつ茹でる鍋を見つめる。そして頃合いを見計らって日本酒を注ぎ入れた。

エビの芳醇《ほうじゅん》な香りが漂うお湯のなかで、エビ殻は鮮やかな紅色に色付いている。

「まぁっ、平次様！　まるでエビが紅葉のように！」

童女のような歓声を上げる征夷大将軍。彼女はすっかり鍋のなかに関心を集中させていた。

(気持ちは分からないでもないけど)

平次は苦笑しながら次の作業へ移る。

エビ殻から出汁を取るには三〇分ほど煮込む必要があるので、その間に調理を進めておく必要があった。

（さて、お綱さんの身体を良くする本命だ）

平次が手に取っているのは長芋である。

ビタミンが豊富で亜鉛などの成分をよく含み、貧血の改善に大きく役立つ食材だ。

ぬるぬるとしているので扱いには注意を払う必要があるが、このムチンと呼ばれるぬめりこそが最も大切な成分である。

タンパク質の消化を助けるのみならず、胃の粘膜を保護し、疲労回復にも効果があるのだ。

（ムチンは七〇℃以上の熱で成分としては壊れてしまう。だから一番理想的な食べ方はとろろ飯ってことになるんだよな）

だがそれくらい、あの会津中将も予想しているだろう。

その想定を裏切ろうという反骨精神が、平次の内面でむくむくと顔をもたげている。

平次はしゅりしゅりと長芋を摩り下ろすと、ふたつの椀にそれを分けた。

ひとつ目の椀には、先程のクルマエビのペーストとぶつ切りを投入。そして味噌を混ぜ、水溶き片栗粉を入れていった。

ふたつめの椀には水洗いしたニンジンを茹で、ペーストにしたものを混ぜ込む。

「平次様、紅色のとろろ飯になさるのですか？」

鍋から関心を移したお綱がそう問い掛けてくる。

レシピが固定化されている江戸城で生きる彼女は、長芋は摩り下ろして御飯にかけるものだという発想しか浮かばないのだろう。

長芋汁に混ざったニンジンの紅で、紅白の縁起が良い食べ物になると考えているに違いない。

「いえ、違います。あと、お綱さん」

「なんでございましょう？」

「跳ねますから、少し離れていてください」

平次はそう言ってから、熱した鍋にごま油を引く。そしてよくなじませてから、クルマエビの身が入った生地を流し込んでいった。

ジュウウウウッと小気味好い音が御膳所に立ち昇る。

「そんな、焼くだなんて……!?」

「まぁ、見ていてください」

水溶き片栗粉を入れていたおかげで、とろろ生地はみるみるうちに固まっていく。

頃合いを見計らい、大きく鍋を揺り動かす。すっかり固まった生地が、ふわっと宙を舞った。

まだ火の通っていない面を下にして鍋の中へ納まり、また美味しそうな焼き音を立てていく。

「これは、いったい何なのですか……？」

「長芋を生地にした、クルマエビの混ぜ焼きになります」

摩り下ろした長芋に火を通すと、ふんわりもちもちした独特の歯触りを楽しむことができる。

それにぶつ切りとペースト状のエビが加わったことで、噛めば噛むほど口腔内でぷりぷりと踊り跳ねる楽しい混ぜ焼きが完成していた。

「そんな、こんなの……絶対に美味しいと決まっているではありませんか……」

「ええ、きっと気に入って頂けると思います」

平次はそう言いながら、沸騰している鍋からエビ殻を引き上げる。布で中身をしっかり濾し、最後の最後まで旨味を絞り出す。

そして火を通していない紅色混じりの長芋汁に、冷ました出汁をひと掬い。それから塩を軽く振って混ぜていく。

「あぁ……っ、エビのふんわりとした香りが……っ」

「醤油を掛けてもいいのですが、何やらもったいない気がして」

「そうでしょう、そうでございましょう……あの、平次様？　これはご飯に掛けるのでしょうか」

「それでもかまいませんが、できれば先ほどの混ぜ焼きに掛けて召し上がって頂ければと」

「ふわぁあぁ……っ」

両手を頬に当て、うっとりとした表情で悩ましげな声を漏らす姫将軍。

そんな彼女を見ていると、平次は料理を作ることへの強い喜びが込み上げてくるのを感じた。

(やっぱり、作るからには喜んでもらうのが一番だもんな……)

◆　◆　◆

平次が調理を続けている間、お綱はずっと隣にいた。

彼女の瞳には生気が満ち満ちており、新しい世界に触れられたことへの喜びに溢れている。

調理に集中しなければならない手前もあり、お互いにやり取りする口数は必然的に少なくなっていったものの、決して気まずい雰囲気にはならなかった。

それだけではない。料理には細かい工程がいくつもあるが、そういった手順をつぶさに観察されたことで、お綱に自分の人柄をよく理解して貰えたような感覚もある。

調理そのものの手際には、作り手の性格がもろに反映されるからだ。

とはいえ、そんな時間がいつまでも続くわけではない。はじまりがあれば終わりもある。

侍女たちが御膳所にお綱を迎えにやってきたのだ。

いつの間にか、入浴の時間が迫っていたらしい。

「平次も一緒に来ますか？」

侍女たちの前で、お綱はそんなことを聞いてきた。

麗しの姫将軍と一緒に入浴というのは、とてつもなく魅力的な提案といえる。

だがしかし、それが冗談であることは端《はな》から明白でもあった。

食事を作らなければならない平次が、御膳所から離れるわけにはいかないのだから。

「御冗談を」

「冗談……ふふっ、ではまた後ほどに」

いたずらっぽく微笑んだお綱が去った後、平次は深々とため息をついた。

情緒不安定だった彼女の心も平穏を取り戻したようでなによりだ。

（とはいえ、男である俺に対して無警戒すぎるよな……）

それは江戸城で純粋培養されたが故の無垢さなのかもしれない。

あるいは、桜ヶ池でお綱を強姦《レイプ》しなかった平次を人畜無害の徒と見做《みな》しているのかもしれない。

だが、あの時と今とでは状況がまるで違う。

平次はお綱の美貌を知ってしまっているし、華奢でありながらも実るところは実った男子垂涎の身体つきをしていることも知ってしまっていた。

その肢体が湯煙のなかで艶めかしく揺れる姿を想像すると、下腹に甘い刺激が走る。

（ああ、だめだだめだ。そんなことよりも、まずは料理だ料理）

お綱の裸体を思い浮かべてしまい、平次は慌てて己の雑念を振り払った。

煩悩に耽ることなどいつでもできる。いまは彼女の食事の時間いっぱいまで、手を抜くことがあってはならないのだ。

「膳医様、お時間です」

そしていよいよその時が来る。

お綱の侍女たちがわらわらと御膳所に入ってきて、食事の運搬を手伝ってくれた。

平次は熱を逃さないように覆いを掛けた膳と共に、『御膳の間』へと進む。

「おお、待ちかねたぞ」

部屋に入るや否や、平次を出迎えたのは正之の声だった。

お綱は上座に座っており、お風呂上がりの楚々としたたたずまいをしている。

下座には正之の他にも、厳つい顔付きをした武人が座っていた。

角ばった顔。眉毛は海苔《のり》のように黒々としており、太い。

だが眉毛の下にある目は鷹のように鋭かった。

肌はよく日に焼けており、黒の短髪はややボサボサしている。

「まずは紹介しよう。こちらが鬼取役である内藤主膳殿だ」

「内藤でござる」

どことなく海の男を思わせる彼は、礼の姿勢を取りながら言った。

「平次殿のことは、既に上様と保科様よりお聞かせ頂いており申す」

内藤という姓を聞いて「おそらくは三河以来の旗本なのだろう」と平次は思った。

「本日より上様の医師と料理人を兼ねました膳医を拝命いたしました、平次でございます」

「うむ」

正之に劣らぬ眼孔の鋭さで内藤はうなずく。

鬼取役とは、将軍の食事に関する統括者であり、毒見を最後に努める者のことを指す。

それだけでなく、賄方見廻役や江戸城の警備を担う同心番人への指揮権も有する軍事的な側面もあった。

（どちらにせよ、これまでお綱さんに出していた料理を管理していた相手ってことだよな……）

彼に認められれば仕事はやりやすくなるだろうし、認められなければやりづらくなる。

非常に簡単で分かりやすい相手だ。

「では、さっそく膳を検めさせていただく」

内藤は芯の通った声で告げる。

「まずは拙者が毒見を致しまする。上様をお救い下さった貴殿がことを信用していないのではない。あくまでも決まりに則ったものでござる。御気分を害されたならば、謹んでお詫び申し上げる」

「い、いえ……別にそのようなことは……」

平次はうろたえた。旗本は幕府の直臣であり、領地を有している土地保有者層だ。江戸の民草からは『お殿様』と呼ばれる階級《クラス》でもあり、その相手から『お詫び申し上げる』などと下手に出られたら――どう対応していいか分からなくなってしまう。

「では、失礼致す」

内藤は平次の戸惑いなど気にする素振りも見せず、膳の覆いを外した。

正之とお綱の目線もその一点に注がれる。

「む、一汁二菜。たしかに一汁二菜……いや、しかしこれは……」

天下の鬼取役が戸惑いの声を発したのを見て、平次は献立の説明をすることにする。

「まず汁ですが、こちらは海老出汁に赤味噌を溶いたもので、ナスが入っています。菜の一品目は長芋とクルマエビの混ぜ焼き。二品目がタイ・キス・ナスの南蛮漬けに、茹でアワビの切り身を添えたものになっています」

「これは珍妙な……」

内藤はそんな声を漏らしているが、決して不快の色を見せてはいない。むしろ喜色染みている。

これまでにない料理との遭遇に、心躍っている節さえ見えた。

「たしかに珍妙かもしれません。これまで一度として上様の食膳に上ることのなかったものだと思います。ですが、お身体の健康を考えれば適切なものだと考えています。」

「ならば拙者は、見た目や格式などについては特に何も言わぬ。判断すべきは、上様が食するに足るか否かに限られよう」

鬼取役はそう言って箸を取った。

「して、平次殿。毒見へ移る前に質問をお許し願いたい」

「なんなりと」

「この混ぜ焼きの横にある小瓶は何か」

「そのなかには、とろろ汁にニンジンの摩り身とエビ出汁を加えたものが入っています」

「ほう、精が付きそうだ」

内藤の瞳が好奇心で揺れる。

「その小瓶の中身は混ぜ焼きに掛けていただければと思います。ですが、混ぜ焼きの実食にあたっては……まずは何も掛けずに」

「なるほど、では……」

鬼取役の箸の先端が、未だほかほかと温かい混ぜ焼きと接する。

途端、サクッと小気味好い音と共に表面が割れた。

片栗粉が含まれていたため、表面がカリカリに焼き上がっていたのだ。

内藤が更に箸に力を込めれば、ふんわりとしていながらも弾力ある生地が――香ばしいエビと味噌の香りと共に迎え入れる。

「むむ、これは……」

ひとくち含んだ内藤は目を丸くして、感嘆の吐息をもらした。

ゆっくりと楽しむように咀嚼し、飲み込む。

「拙者は狭見にて、とろろを焼くという調理法は寡聞にして聞かぬ。だが、ふわりと焼き上がった生地は実に見事である」

鬼取役はうなずきながら言った。

「それだけでなく、エビの切り身が絶妙な歯触りを与えてくれている。噛む楽しみもあり、ほのかに感じる味噌の塩気と香りがたまらぬ」

「ほぅ」

内藤のコメントに正之が期待の色を見せる。

どうやらこのごつい男は、食の番人として高い信頼を受けているようだ。

お綱に至っては明らかにそわそわしている。

そんなふたりの貴人の視線を浴びながら、鬼取役は小鉢を取って中身を垂らす。

「不思議だ。元は同じ長芋であるにも拘わらず、ここまで変わるとは……色合いも実に鮮《あざ》やかであるな」

たしかに内藤が言う通り、同じ食材の異なる食感を楽しんでもらおうという意図はあった。

しかしとろろ汁を分けた本当の狙いは、栄養面での補完にほかならない。

言うまでもなく、混ぜ焼きにして加熱するとムチンが失われてしまうからだ。

「して、この南蛮漬けなるものは？」

「長崎由来の料理になります。戦国末期には既に知られていたと聞き及んでおりますが」

「そうか。拙者は長崎に縁者がおらぬせいか、知らんな」

「なるほど、ではご説明させていただきます」

平次は調理法を大雑把に説明することにした。事細かに話したところで余り意味がない。

「まずは具材を片栗粉を溶いた衣を付け、ごま油でカラッと揚げます。そして揚がったものを、醤油と味醂、そして砂糖と酒を合わせたタレに漬け込むのです。味は濃い目ですので、アワビを箸休めにお使いください」

「なるほど、面白い」

すっかりと食の楽しみを覚えているらしい内藤は、タイの南蛮漬けを箸で挟んであむりと美味しそうに頬張った。

「おお、甘酸っぱいタレがタイの切り身を包む衣と良くなじんでおる。そしてこちらのナスも実に美味……うむ、美味である！」

天下の鬼取役は、もうすっかり毒見のことなど忘れた様子で舌鼓を打っている。

エビ出汁の味噌汁をすすり、白米を掻き込んで、手の甲でぐっと口元を拭う。

まさしく、あっという間の完食だった。

「……これは毒にござろう」

内藤は深い感動を瞳に湛えながら言う。

「毒、毒、毒。それも猛毒も良いところである。このような毒を食らうようなことがあれば、これまでの味気ない食事には二度と戻れますまい」

「そこまで言うか」

正之は嘆息しながら続ける。

「毒を食らわば皿まで、という言葉があるが……」

「保科様、このようなことを申すのは立場柄もあって気が引けますが……拙者に誇りがなければ、皿に付着しているものも犬のように舐めしゃぶっておることでしょう」

「それほどのものなのか」

会津中将は怪訝《けげん》そうに目前の膳を見つめた。

まさしくその瞬間、ついにお綱が痺《しび》れを切らす。彼女は唇を尖らせながら言った。

「爺、わたくしはいつまで待たされればよろしいのでしょうか」

「む、これは大変失礼いたしました。主膳よ、問題はなかったのだな」

「はっ、上様がこの者をお抱えになりたいと仰った意味、ようやく腑に落ちてございまする」

内藤は空になった膳を横にのけてから平次に腰を折った。

「どうかこれからも、上様の御為に……その腕を存分に振るっていただきたい」

お綱が食事をはじめたのは、それからだった。

嬉々として箸をつけた姫将軍の相伴に与《あずか》るという形を取り、正之と平次も箸を取る。

お綱は『美味しい』としばしば口に出しながら、用意したものすべてを平らげてくれた。

「ふむ……」

少量だったとはいえ、普段から食事を残してばかりの姫将軍が完食したことに驚いたのだろう。

まだ食事を継続できそうなお綱を前に、正之と内藤は互いに顔を合わせた。

そして、これまでの上様の小食振りはなんだったのかと——深く嘆息するのだった。

# 第七幕　生真面目な御家人／豪胆な旗本

平次が江戸城を辞したのは戌の刻（午後八時）のことだった。

夕食の後、正之から試験に合格したという宣下を賜り……

それだけでなく、お綱からも感想を貰うなどして長引いてしまったのである。

内藤と共に姫将軍の前を辞し、城門で別れる。途端に、どっと疲れが押し寄せてきた。

結論から言えば、家に帰ってすぐに寝ることはできなかった。両親や日本橋界隈の住民たちの歓待があり、床に就くことができたのは子の刻（午前零時）を回った頃合いになっている。

平次からすれば、最も気がかりだった問題がクリアされたわけだ。

住民たちは平次が将軍付きの膳医となったことに好意的だが、これはおそらく『分業して江戸を立て直している』という意識があるからなのだろう。

幕府が江戸城の天守閣再建を断念してまで、城下町の復興資金を捻出していることを理解しているからだった。

民のために心を砕き疲弊しちえる幕府の長を、今度は民が助けるのだ——というストーリーも、どうやらできているらしい。

加えて、自分たちの『同胞』から『将軍の直臣』が出ることに誇りも覚えているようだ。

（それにしても、目が冴えて仕方がないな……）

寅の刻（午前四時）頃、平次は褥《しとね》の上で目を開けながら大きなため息をもらしている。

きっと、これからの仕事やその環境に緊張しているのだろう。

期せずして城下町とのしがらみが断ち切られ、新たな道に進むことができた自分。

その先には前世以来の『安くて美味しい手作り料理のレストランを開く』という夢の実現があるのだ。緊張しないはずがなかった。

（それに、お綱さんもいるんだよな……）

見目麗しい姫将軍。その補佐をする正之の言葉を信用するのなら、任期まできっちりと務めを果たせば――間違いなく平次の夢は実現する。

ただ、その一方で分からないこともまた多かった。

（お綱さんが征夷大将軍を譲位されることを見越した任期付きの仕事……。なぜ譲位されるのか、その必要性が分からない）

それに、彼女が桜ヶ池で溺れていた理由についても不明なままなのだ。

「ふう……」

平次はまた、ため息をもらす。考えるだけ時間の無駄だということを理解していた。

今の自分にできることは、新しい仕事をきっちりと果たしていくことなのだから。

（もっと信頼して貰えるようになれば、その辺りのこともおいおい話してくれるだろうし）

むくりと褥から起き上がりながら、ぐっと背を伸ばす。二度寝をするには微妙な時間だった。

早めに登城して、新しい職場を見廻って観察するのも悪くない。

そう思い、平次は両親に挨拶をしておくことに決めた。父親の私室まで向かい、襖に手を掛ける。

両親は早起きで、この時間帯にはもう目を覚ましていることが多い。

「あっ、あぁあぁ……」

だが、襖の向こうから母親の凄まじい嬌声《きょうせい》が迸ったのを聞いて、平次はくるりと身を翻した。

(聞いてはいけないものを耳にしてしまった)

転生したとはいえど、あくまでも両親である。

子供からすれば、わがままな話だが――親が盛り合っている姿はできるだけ見たくないものだ。

それにお満は身体を持て余し気味なのか、平次に隠れて父親によくのしかかっているらしい。

姿こそ見ていないものの、そういった事後の雰囲気をよくまとっていることがあり、その度に平次は気まずい思いをしてしまう。

(置手紙だけ残していこう)

平次はギシギシと床を軋《きし》ませる音に背を向けて、自室に戻ることにした。

◆ ◆ ◆

江戸が本格的に活気付きはじめるのは寅の刻の終わり頃――つまりは午前五時くらいである。

だが本船町は他の地区よりも早く、人の入りが多くなる地域だった。

お綱が以前言っていたように、魚の卸売市場が置かれているからだ。

「安いよ安いよ！　取れたての魚が安いよーっ！」

江戸の魚卸売の歴史において、築地に市場が移転するのは遠く一九三五年のこと。

つまり幕府が滅亡しても、本船町は三〇〇年近く、首都における魚の流通拠点だったわけだ。

「こっちは江戸前、他とは質が段違いだよ！　ほらっ、早い者勝ちだよっ!!」

つい二年前、要するに明暦二年（一六五六年）までは吉原遊郭が近隣にあったので、この界隈もそれなりに華やかだった記憶がある。

あの遊郭は幕府公認の場所だが、それでも平次は遂に行く機会がなく終わってしまった。

娘を質に入れて日銭を稼ぐ、ゲスでどうしようもなくクズな毒親は、いつの時代でも存在する。

幼い頃に平次の遊び仲間だった少女のなかにも、吉原の買い付け商人に——親の借金の肩代わりに連れて行かれたきり戻らない者がいたせいだ。

（吉原か……）

あの大人の遊び場は、既に浅草寺近隣の日本堤へと移転している。

それもあって本船町の界隈は色気が抜け、完全に『魚の町』と化していた。

その町において、庶民より先に魚介類を買い付けるのは幕府の関係者である。

質の良い魚は、幕府の賄頭が率いる食材調達部門が率先して買い付けるのだ。

他方で、幕府は魚以外の食材については商人に買い付けを委託していると聞いている。商人が集めた食材を役人が厳選し、御膳所に提供しているのだとか。

（これまでとは違って、そのあたりのシステムも把握しておかないとな……）

そんなことを考えながら、急造の家々が立ち並ぶ街を歩く。すると、珍しい客が魚売り場の前に座り込んでいるのが目に映った。

瓜実顔をした、穏やかそうな容貌をした男だ。美男子だと言っていいだろう。

武家風の装いをしており、身なりもきっちりとしている。町民でないことは明白だった。

「今年のイワシは例年以上に艶が良い。滋養もありそうですね」

真剣に魚を検めており、売り子も遠慮して彼には声を掛けないようにしているらしい。

爽やかな武士は微かにうなずきながら、店先に並ぶイワシを見つめていた。

「しかし、公方様の食膳にイワシは御法度です。いやはや、どうしてこのように美味しい魚を召し上がって頂けぬのか」

彼はそう言って深々とため息をつく。

「しきたりに縛られ、その状況に漫然《まんぜん》と従うことは……はたして士分の忠なのだろうか」

なにやら切実な思いを抱えていそうな武士に、平次は思わず声を掛けてしまっていた。

「……すみませんが」

「何か」

現代社会であれば、見も知らぬ相手に声を掛けることは相当な勇気がいることだろう。

だが、江戸時代の町人文化の本髄《ほんずい》は過干渉である。

そんな環境に一九年も身を置いていると、声掛け程度は自然に慣れてしまう。

環境とは実に恐ろしいものなのだ。

「お侍様、どうやらイワシのことでお悩みのようで」

ジャブ代わりのすっ呆けた質問を投げかける。その反応次第で相手の人柄が分かるものだ。

どうやら相手は生真面目な性格をしているようで、はじめて会ったばかりの平次に実直な眼差しを向けてきた。

「どうやら恥ずかしいところを見られてしまったようですね。なに、イワシの悩みというよりは御公儀の……いいえ、これはただの愚痴になります。聞き流して下さい」

「御公儀、ですか」

「栓《せん》なきことです、忘れて下さい」

そう言いながらため息をもらす男に、平次は素知らぬ顔で問う。

「御公儀と言えば、お侍様が眺めておられたその魚は、上様がお召し上がりになれない魚でしたね」

「なんだ、知っていましたか。江戸の町人は存外に博識ですね」

それまでしゃがみ込んでいた男がスッと立ち上がる。

かなり背が高かった。六尺（一八二センチ）はあろうかという大男だった。

顔もよくて背も高い。さぞかし女性からモテるのだろう――そう思った平次に彼は言う。

「となれば、このことも知っているかもしれません。公方様にお仕えしていた御膳所の料理人たちが、すべて二ノ丸と西ノ丸の御膳所へ異動となったことも」

「……」

「公方様が何を考えておられるのか、私のような下々の者にはまるで伝わってまいりません。もっとも征夷大将軍へのご就任以来、ほとんどお顔を見せられないと聞いておりますので」

高身長の侍は深々と嘆息した。

「いずれにせよ、私は心配でならないのです。料理人たちの異動話も含め、公方様がしっかりとお食事を召し上がっておられるのかが」

どうやら彼はまだ、平次が将軍直属の膳医に就任したことを知らないようだ。

されどその忠義の心は本物のようで、顔も知らぬお綱のことを真面目に案じているらしい。

「公方様はお食事を残されてばかりだと聞いています。ともすれば我々は……っと、これはあまり多言するような話ではありませんでしたね」

武士は苦笑して頬を掻いた。

「久々の非番にも拘わらず、呼び出しを食らったことで気が荒んでいた様です。忘れて下さい」

彼はそう言うと、売り子を呼んでイワシを四尾購入した。

武士が銭と魚、それも安価な下魚を手ずからやりとりするのは実に奇妙だった。

しかし名前も知らない彼は、至極当然の態でそれを行っている。

もしかすると、武家のなかでも銭と商品の交換に携わる、賄頭配下の役人なのかもしれない。

「ところで、あなたはこの界隈に住んでいるのですか？」

イワシをぶら下げた美青年は、平次の顔をまじまじと見つめながら言った。

「この町は良い所です。先の大火によって我々は大きな被害を受けましたが、見事に立ち直りつつあります。日本橋にも多くの店が軒を連ねるようになりましたが、やはり食が行き届かねば復興もままなりません。そう言った意味で、ここ本船町は江戸復興の核でもあります」

「……」

「私は西山勝太郎といいます。幕府の賄《まかない》吟味《ぎんみ》役として、公方様の食膳に上る食品の品質を検めるお役目を受けています」

西山と名乗った男は微笑した。

賄吟味役とは、御家人が主に就任する食品や調度品を取り扱う幕府のエキスパートである。

彼のような熱意のある裏方がいるからこそ、幕府の台所が機能するのだ。

それを考えると、思いがけない出会いだからこそ胸が熱くなってしまう。

「非番になれば、また私はこの町に来るでしょう。私を見かけた時には遠慮なく声を掛けて下さい。また話し相手にでもなってくれれば嬉しいですね……ああ、ところでお名前は？」

「あ……すみません、申し遅れました。平次といいます」

「その名前、覚えておきましょう。それでは今日はこの辺りで。先ほども言いましたが、急に呼び出しを受けてしまったので」

西山はそう言うと、踵《きびす》を返して日本橋の方向へ消えていった。

日本橋の東北部は、御家人たちの家々が連なる武家町になっているのだ。

(あいった人たちがいるからこそ、俺が食事を作れるんだよな)

何気ない食材ひとつをとっても物語があり、人の繫がりがある。

そう思えば、俄然《がぜん》やる気が湧き上がってきた。かくして気分が高揚するまま江戸城へ向かい、その城門を潜ろうとしたのだが——

「おお、平次殿か。しばし待たれよ」

——大声で呼び止められて、立ち止まらざるをえなくなる。

声の持ち主は、やはり内藤主膳。彼は大手を振りながら、平次に尚も声を投げ掛けてきていた。

◆　◆　◆

『少し、話がしたい』

そう告げてきた内藤に連れられて、平次は江戸城の一ツ橋門を北に進んだところにある彼の屋敷に来ていた。

そこで出迎えてくれたのは、一二歳ほどの外見をした可愛らしい少女だった。

てっきり彼の娘だと思ったのだが、彼女が今年で二七歳になる内藤婦人だと知り、かつ四児の母だと知った時に眩暈を覚えたのはまた別の話。

「……」

今、平次は内藤屋敷の中庭で袋竹刀を持っている。

内藤が手合わせを願ったためだ。

どうやら平次が江戸の一流派の免許皆伝者だということを知っているらしい。

『武士は刀で相手の心を見極めることができる』

内藤は平次に竹刀を渡す際、そんなことを言っていた。

つまるところ、これが彼なりの試験なのだろう。

料理の腕は分かった。しかし、その心が分からねば認められぬ。

そんな内藤の言葉が聞こえてくるかのようだ。

(まさか、逃げるわけにもいかないしな)

平次は覚悟を決めて、相対する旗本の顔を見た。

彼はそれを、平次の覚悟が決まった証と捉えたらしい。

「遺恨を防ぐため、幕府は他流試合を禁じておる。だが、ここは我が屋敷の庭……勝負の行く末は、互いの心に納めるものとしよう」

いざ尋常に勝負。

そう言って内藤は竹刀を上段に構えた。攻撃に優れつつも、防御にはまるで適さない型だ。

対して平次は、竹刀を己の口の横で水平に持って腰をかがめた。

霞構え。攻撃よりも防御に優れ、刺突《しとつ》を得意とする。

「……」

「……」

試合会場となった内藤屋敷。その中庭には白砂が敷かれており、足場は安定していた。

大火の後にも拘わらずこのような庭を作れるとは、きっと内藤家はそれなりに裕福なのだろう。

あるいは、あの幼い外見をした妻の実家がお金持ちなのかもしれない。

だが、そんなことを考えている暇などはない。

ぬかるみは皆無。刀を合わせるには最良の環境で、互いの実力を遺憾《いかん》なく発揮できる状況。

ここで気を抜けば、一生、後悔が付きまとうことだろう。

互いの足元から、ジリッと白砂を踏み締める音が響いた。

されど、互いに踏み込めずにいる。理由は簡単だ。隙《すき》がないのである。

平次が諏訪鶴翼流の免許皆伝者であるように、内藤もいずれかの流派で免許皆伝かそれに準じた技量を誇っているに違いない。

(それにしても、何なんだ……あの構えは……)

内藤の構えは単純な上段ではない。手首を完全に倒してしまっているのだ。

竹刀の刀身にあたる部分は内藤の背中に隠れており、真正面から対峙している平次には、相手の手首と柄しか見ることができない。

要するに、相手との間合いを摑むことが難しいのである。

「……」

「……」

強い風が吹いた。平次と内藤の額に浮かぶ緊張の汗が揺さぶられる。

刹那、風に誘われるようにして平次が動いた。一気に距離を詰め、最速にして必殺の刺突が鬼取役の喉《のど》めがけて繰り出される。遠慮をしては負けるという確信があった。

その確信は的中する。内藤は上体を僅かに反らすだけで回避。尋常ならざる凄まじさで、平次の背中めがけて竹刀を振り下ろす。

——パァンッ、と一際大きな音が響いた。

それは肉を打ち据えた音ではない。竹刀と竹刀がぶち当たった音だ。

平次が腕を素早く引き戻し、振り向きざまに内藤の縦一閃を紙一重で受け止めたのである。

「むぅ……ッ!?」

苛烈な一撃を弾いた平次の刀身が突き出され、また鬼取役の喉元を狙った——が、内藤はそれを的確に払い飛ばす。刹那、互いの竹刀が陽光を反射しながらまた打ち合された。

つばぜり合い。平次と内藤は互いの肩を接触させ、ゆっくりと腕を下げながら、その刀身を合わせ続けている。

「ぐ……」

「むぅう……ンッ」

互いの声から漏れる唸り声。四本の腕には筋骨が盛り上がり、震えている。

「はァ……ッ!」

やがて内藤が身体を強く押し当てて、平次の竹刀を払う。姿勢が崩れた。内藤が上段から一気に竹刀を振り下ろす。対し、平次も即座に下段から切り上げた。

接触。乾いた音を立てた二本の竹刀がわずかに離れ、かと思えばまた打ち合わされる。

「ぐ……むぅ……ッ！」

また、つばぜり合い。

しかし体格差は如何ともしがたいものがあり、平次は一歩二歩と後退しはじめた。

内藤がいよいよ力を込めて、平次を追い詰めていく。だが、その優性が却って仇となった。平次が刀身を反らして内藤の切っ先を受け流し、その柄を譜代の旗本の鳩尾へ叩き込んだのだ。

うめく内藤。それが決定的な間となった。平次はそのまま手首を返し、相手の首元へ竹刀を押し付ける。

「無念……」

この間、わずか三〇秒ほどというつかの間の攻防劇。

だがふたりの間に漂う空気は、三〇分とも三時間ともつかぬ濃密なもの。

片膝をつきながら平次を見上げる内藤の顔は、実にすがすがしいものだった。

◆　◆　◆

「平次殿、貴様を見込んで頼みがあり申す」

互いに井戸水を浴びて汗を流した後、平次は内藤と囲炉裏を囲っていた。

傍らには鬼取役の合法ロリータ妻が淹《い》れてくれたお茶の入った容器がある。

「はい」

平次は神妙な顔でうなずいた。

中身が元現代人ということもあり、『貴様』と言われるとドキリとしてしまうが——江戸時代初期において、この呼称は敬意を払うべき相手に対して用いられるものである。

つまり、内藤は平次を同輩として認めてくれたというわけだ。

そうでなければ、町民上がりの男に内藤がお願いなどするはずがない。

「頼みというのは他でもない。上様に寄り添い、その御心身をおささえして欲しいのだ。この通りである」

「な、内藤様……」

身分制度上の格下に対し、旗本が頭を下げるということ。

そこには当然、強烈な思いが込められていると考えるべきだろう。

内藤はゆっくりと顔を上げ、眼光鋭く平次を見つめた。

「平次殿、貴様から見て上様はどのように映る？」

「どう、と言われましても……」

答えに窮《きゅう》してしまう。何をどう答えれば正解だというのだろう。

征夷大将軍であるにも拘わらず、まるで雛人形のようなお飾りになっているようにしか思えないとでも言えばいいのだろうか。

平次の脳裏に過ぎるのは、自分の身の上を語って情緒不安定になったお綱の姿。そして儚げな美貌をほころばせ、美味しそうに料理を食べているシーンだった。

「その、実に……お美しいとしか……」

「……ハッハ、ハッハッハ！」

表情をほぐし、内藤は豪快に笑いはじめる。

「そうか、お美しいか……！　ああ、いや……そうであろう！　そうであろうとも!!」

彼の豪放な笑い声はしばらく続いた。だが、やがてその表情には憂いの色が混ざりはじめる。

そして最後には、噛み締めるような声色へと変わってしまっていた。

「美しいという感想が出るのも当然であろう。本来であれば、将軍という大役に就くこともなく、ひとりの姫君として平穏な生活を送っていたはず故」

「本来であれば、将軍ではなかったということですか？」

平次の訝《いぶか》しむ声を受けて、内藤は「左様」と声を落としてささやいた。

「綱姫様、いや、上様は将軍の位を継がされたのだ。言うまでもなく、幕政上の都合によって」

「継がされた……？」

一体どういうことなのだろうか。

本当に聞いても良い話なのだろうかとも思うが、内藤はそんな平次の気配を察して、

「上様のお傍に仕える以上、知っておかねばならんだろう」

そう言ってから、噛んで含めるように続けた。

「先の将軍であられた家光様は、苛烈な御気性をお持ちの方であった。あの御方のお陰をもって、幕府の移行は日ノ本の津々浦々へと波及し、比類なきものとなり申した」

「……」

「されど、その代償として大きな歪みが生まれたのだ」

内藤は平次の顔を覗き込む。

「平次殿、貴様は慶安四年（一六五一年）の『慶安の変』を知っているな？　その翌年に、老中が浪人によって殺《あや》められかけたことも」

「はい」

平次はうなずいた。

江戸の治安が悪いが故に、護身目的で剣術を修めることになったのだから。

「ならば隠す必要もあるまい。家光様が御隠れ遊ばされた時に、幕閣の者たちはあの事件を予期しておられたのだ。将軍家に仇なす者が、この機会を受けて必ずや行動を起こすであろうと」

「まさか、それは……」

そうだ、と内藤は首肯する。

「元より、特殊な事情がなければ姫を将軍に擁立するなどあり得ぬこと。天子様の御代をおなごが継ぐことはあるが、あくまでもそれは中継ぎにしかすぎぬ。それと同じことが起こったのだ」

「……」

「簡単に言えば、こうなるだろう。綱姫様が『家綱』の御名で将軍の座に座られたのは、不届き者の狙いを……他の徳川一門の男子に向けさせないための措置だったのだ」

「そんな……」

唖然《あぜん》とする平次に、徳川譜代の旗本は内情を赤裸々に語る。

「家光様は六人の子を儲けられた。長女の霊仙院様、次女の綱姫様、長男の亀松様、次男の綱重様、三男の綱吉様、四男の鶴松様である」

「上様が、次女……？」

「その通り」

平次の問い掛けに内藤はうなずいた。

「家光様が御隠れになった時、御健在であられたのは霊仙院様と綱姫様、そして綱重さまと綱吉様の四名のみであった。しかし、霊仙院様は尾張徳川家の御正室となっておられた故、事実上、直系として残ったのは一一歳の綱姫様、七歳の綱重様、五歳の綱吉様だけであられた」

「……荒れた世相では、大坂の陣以来の浪人たちが、いつ決起するかも分からない」

「然《しか》り。そして、綱重様や綱吉様もまだお若かった。いつ夭逝《ようせい》されるとも分からぬ。そして幼い将軍がすぐに病気で亡くなられるようなことがあれば、反徳川の者たちに付け入る大きな隙を見せることになる」

されど、と内藤は言った。

「仮に将軍が中継ぎのおなごであれば、仮に暗殺されたり病死したところで言い訳がつく」

「『あれはひよわなおなごだからだ』とか、『あれは所詮おなごだから』といったように？」

眉をしかめながら訊いた平次に、鬼取役はうなずく。

「少なくとも幕閣の方々はそう考えていただろう」

「つまり、上様は……幕府が権威を維持するためだけに、生贄にされたということですか？」

「申したであろう、幕政上の都合でしかないのだと」

内藤は声のトーンを落とした。

その両目には、強い不快感と諦観の念が宿っている。

「そして慶安の変が起き、大きな危機は去った。明暦の大火という予想だにしなかった事件も起こったが、この始末がつけば上様は御隠居されることになろう。民の安寧のために心血を注いだ末、お身体を壊されてしまったのだと……そのような美談を添えて」

「……っ」

「上様の跡を継がれるのが、綱重様か綱吉様なのかは分からぬ。しかし上様の処遇は分かっている。隠居を強いられた後……二、三年後に病死という扱いになろう。城内で人目につかぬよう、暗所に押し込められて、ひっそりと飼い殺されるのだ」

「許されますか、そのようなことが」

怒りを覚えて震える平次に、内藤は首を左右に振って応じる。

「情の面においては許され難い蛮行であろう。されど、たったひとりのおなごの人生と日ノ本の安寧を秤《はかり》にかけた時……どちらが優先されるべきかは言うまでもない」

「内藤様！」

「平次よ、だからお前に頼むのだ」

憤怒を露わにした平次の肩に手を置いて、鬼取役は深いため息と共に言った。

「我らは考えねばならん。我らの先祖が、どのような思いと共に戦国乱世を生き抜いてきたのかを。

そして、雨露の如く消え去っていったのかを」

「それは……！」

「長く続いた戦乱のさなか、誰もが夢見た太平の世が……今まさに、恒久的に実現するか否かの分水嶺に至っておるのだ」

内藤は平次の肩から手を離し、がっくりとうなだれながら言った。

「故に、拙者は願うのだ。貴様に上様をお支えして欲しいと」

「……」

「我らの忠は、本物であると自負している。されど我らは、真の意味で上様をお支えすることができんのだ。どうしても、上様よりも太平の世の維持を、幕府を優先せざるを得なくなる。だからこそ、頼むのだ。おそらく、保科様も同じ思いを抱かれてられよう」

その言葉は、きっと、立場や組織に囚われて身動きが取れなくなっている大人の叫びなのだろう。

平次にできることはひとつしかない。

彼の想いを汲み取って、願いに応じるか否かを決断することだけだ。

（だけど、答えなんてもう決まっているようなものだ……）

もちろん同情心もあるし、それを否定することはできないだろう。

だが、平次がお綱に惹かれていることもまた事実だった。あの美しい容姿、そして放っておけない気質に。

（それに、恩だってある）

城下町のしがらみに囚われていた平次を引き上げ、転生前からの『レストランを開く』という夢を実現させるための道筋を付けてくれた、という意味において。

「……お任せください」

平次は内藤にうなずいてみせながら、改めてお綱の境遇に思いを馳せるのだった。

# 第八幕　友人の獲得／思わぬ藪蛇

江戸城のドロドロとした闇の一部分に触れてしまったこと。

その影響で、平次はどうしても姫将軍であるお綱のことを考えざるを得なくなっていた。

不幸な来歴を持つ彼女のために、できる限りのことをしてあげたい。

そんな意欲をたぎらせながら、平次は初めての朝食作りのために登城している。

（とはいえ、寝起きのお綱様がどれだけ食事を取れるのかは未知数なんだよな……）

平次は思考を続けながら御膳所に入り、前掛けを締めた。

（今回は意図的に量を押さえて、お綱さんの食事量を確認しておこう。それでいて栄養も取れるようにしないとな……）

そして作りはじめたのはリゾットオムライス。江戸時代的には南蛮料理だ。

まずはタイを蒸して、その間に山芋の皮を剝いて身を千切りにする。

青菜も千切りにすると、平次は蒸し上がったタイの身を箸でほぐしていった。

それらの具材をふっくらと炊き上げた御飯に乗せて、ごま油で軽く炒めていく。

そして油分が御飯をコーティングしきった頃合いで、かつお出汁に塩を加えて味を調える。

かくして出来上がったリゾットに、鉄板を使って火を通した鶏卵のシートを被せれば完成だ。

現代的なふわとろ風にしたかったのだが、江戸時代ともなればサルモネラ菌の存在を考慮《こうりょ》しなければならない。

お綱が病気になるリスクを取るわけにはいかないので、これは不採用。

きっちりと火を通したオールドタイプなオムライスのかたちに仕上げていく。

「さて……」

もちろん、リゾットオムライスを作って終わりというわけにはいかない。

並行して作っていた麩《ふ》の味噌汁に、デザートとして和リンゴのペーストを準備する。

和リンゴは現代では希少価値が高くなってしまったが、西洋リンゴとは異なり、平安時代から日本で育てられてきた中国由来の小振りな果物である。

酸味が強いので、朝の目覚ましには都合のいい果実でもある。

「そういえば、今日から保科様は相伴されないんだよな……」

彼は幕府の重鎮として幕政に携《たずさ》わりながら、会津藩主としての責務も果たさなければならない。

良くも悪くも、平次に構ってばかりという訳にはいかないのだろう。

「つまり、内藤様のも含めて三食用意すれば良いってことだよな」

平次は味噌汁の味見をしながら、そんなことを考えていた。


そして朝食の時間がやってくる。

御膳所を訪れた侍女たちに手伝ってもらい、平次は『御膳の間』へと料理を運んでいった。

上座にちょこんと座っているお綱は、朝に弱いのか――ぼーっとしている様子。

しかし平次を見た途端、ぱっちり目が覚めたらしい。

慌てて居住まいを正し、平次の挨拶に応じた。

そのやり取りを見ていたのは侍女だけではない。内藤もだった。されど彼は見なかったことにするつもりのようで、平次が今朝の献立を明かすまで無言を貫いている。

「まさか、朝から南蛮料理が出てくるとは……」

平次が用意した料理を見て、内藤は思わずといった態で苦笑していた。

されど姫将軍はまるで異存がないらしい。かたちばかりの毒見が終わると、ものすごいスピードで黙々とリゾット風オムライスを平らげてしまっていた。

（卵への嫌悪感を心配したけど、それももうなさそうだ……一度食べたら後は、って感じなんだろうな）

お綱は味噌汁をすすりながら、「もうないのですか」と言いたげな顔をしている。

この調子なら、過度に遠慮する必要もないのかもしれない。リンゴペーストを匙で食べている姫将軍を見ながら、そんなことを思う。

（それにしても、小食って話は一体なんだったんだ……？）

食後にお綱の脈を取って、異常がないことを確認。これから夕食までの間、何をしようかと思った矢先のことだった。本丸の表へ出頭せよという正之の命が、侍女を通じてなされたのは。

「むぅ……」

おそらく、平次と色々な話をしたかったのだろう。不満の色をありありと浮かべながら頬《ほほ》を膨らませたお綱と別れ、平次は急いで指定された部屋へと向かう。

朝とはいえ、なかなか忙しいものだ。


「よく来たな、平次よ」

部屋に入ると、上座に座っていた正之がねぎらいの言葉を投げかけてくる。

平次はそれに対し、慇懃《いんぎん》に礼の姿勢を取った。

この会津中将閣下は、良くも悪くも平次に関わるすべての命運を握っていると言ってもいい。

常に機嫌を取っておくことは悪手ではないはずだ。

「朝早くから急がせてしまったな。おそらく、上様もあまり良いお顔をなさるまい」

「は……」

どう応じたものか迷っていると、正之は何でもないように言葉を続ける。

「しかし、おぬしに紹介せねばならない男がおるのだ」

そう言われて顔を上げてみれば、部屋の中にはもうひとりの男が控えているのが目に映った。

正之のことばかりに意識が行っていて、気付かなかったのだ。

「ここに控えておるのが、幕府の賄頭。すなわち、おぬしに食材を提供する責任者であるところの大久保内膳殿だ」

「内膳でございます」

甲高い声を発した男は、不健康そうによく肥えた中年男性だった。

でっぷりとした二重顎が特徴的で、額には脂汗が浮いている。

その彼が、実に丁寧な言葉づかいで——平次を労わり尊重するように言った。

「膳医殿の御噂はかねがね。上様の御為に働こうとされる御覚悟は実に見事。これより、どうぞお見知りおきを」

「平次でございます。これから御厄介になりますが、どうぞよろしくお願い致します」

「それが私の責務ですから。膳医殿がそのように仰る必要はありません」

ですが、と大久保は正之に言った。

「会津中将様。実はここ最近、本当にお恥ずかしい限りではありますが……私の首が回らなくなるほど、書類仕事が立て込んでしまっているのです」

たしかにその太った首を回すのは大変だろうなと、平次はぼんやり失礼なことを思う。

「あの大火の後、江戸城も様々な出費が増えておりますので……」

「ふむ……」

「ですので、大変に心苦しいのですが……膳医殿には私の連絡役《つなぎ》をつけ、その者を介して要望をお聞きしたいと思っております」

正之は腕を組んで、うなずいた。

「よかろう。我が幕府の官吏の中でも、勤勉実直の名高き内膳殿だ。おぬしがそう言うのであれば、儂が想定する以上につらかろう。ならば無理を押し付けることはできぬ」

「有り難き幸せ」

内膳はでっぷりと肥えた身体を揺すり、頭を下げた。

「さすれば、既に連絡役の者を控えさせておりますので、早速ご紹介させて頂きたく」

彼は正之だけを見て話し、平次のことを一切顧みない。

それが気になったが、致し方のないことかもしれないと思い直す。

大勢の人前で話したりする時でも、どうしても説得したい相手に注意が行ってしまうのは良くあることだからだ。

「流石は内膳殿だな。平次よ、おぬしから何か言いたいことはあるか？」

「あ、いえ……特には」

平次がそう応じたのを、ちらりと細い目で確認すると——大久保は手を叩きながら言った。

「それでは、勝太郎！　入ってくるが良い！」

「はっ」

大久保の声に従って、頭を下げながら入室してきたのは大男。

その姿には、やはり、見覚えがあった。

「賄吟味役を拝命いたしております、西山勝太郎でございます。先ほど大久保様より、上様お付きの膳医殿との橋渡しを務めるようにとのお話を受けて参上仕りました」

「うむ、面を上げよ」

「はっ！　……は？」

顔をゆっくりと上げた西山が正之から平次に視線を移した途端、緊張感が滲む真面目な顔付きに

——ぽかんとした表情が浮かぶ。

何とも奇妙な間が生まれてしまったので、平次は致し方なく「先ほどはどうも」と頭を下げることにした。

西山といえば、信じがたい何かを見つけたような目をしている。

「なんじゃ、知り合いであったか……おぬしらは。世の中とはなんとも狭いものだな」

正之は苦笑し、平次の隣へ移るよう、西山を促すのだった。

◆　◆　◆

「それにしても驚きましたね。まさか町中であった方が、噂の膳医殿であったとは」

「俺も、まさかすぐに再会することになるとは思ってもいませんでした」

会合が終わり、正之のいる部屋から退出すると——平次は西山と顔を見合わせ、苦笑していた。

正之は大久保と話し合いを続けるようで、まだ室内に彼を留めている。

若い二人は、言い方は悪いが——ひとまずお役御免というところなのだろう。

「さて、場所を移しましょうか」

江戸城の表は、多くの官吏たちが行き来する場所である。

そのため立ち話をすれば邪魔になってしまうことは請け合いで、とりあえず屋外に出て立ち話をすることにした。

すぐに分かれる気分では、お互いになかった。

いま頃お綱は暇を持て余しているのだろうが、ここは我慢してもらうことにしよう。


「それにしても、驚きましたね。先ほど保科様が仰られたことは」

「上様の食膳に上る食材の禁がなくなった、ということについてですか？」

平次が問うと、西山は爽《さわ》やかな笑みを見せる。

「まさしくその通りです。しかし、君も人が悪い。このことを知っていただろうに、先ほど教えようともしなかったではありませんか」

「それは、まぁ……あまり変なことを言わない方が良いと思いましたので」

平次がそう言うと、西山は大きく息を吐き出した。

そんな動作のひとつひとつも絵になる美形である。

「それはさておき、君とはこれからも縁が深くなりそうな気がしますね。できればこれからも、仲良くしていければと思いますが」

「これは嬉しいことを仰る……こちらこそ、どうぞよろしくお願い致します」

心の底から平次はそう思っていた。

この人物が誠実な人柄をしていることは、朝の一件から既に分かっている。

それだけでなく、食材にかける熱意も篤《あつ》いことも知っていた。

友人付き合いができるのであれば、願ってもない相手だろう。

「では、私に対する敬語を改めるといい。気軽にしてくれて構いませんし、私はそちらの方が嬉しく思いますから。共によそよそしくされるのは、なかなか堪えますしね」

「……わかった」

平次は首肯する。

「では、これからよろしく」

「こちらこそです」

青い海と空。それを背景にビールを飲むCMが似合いそうな爽やかな笑顔が浮かぶ。

「とはいえ、先に仕事の打ち合わせをした方が良いでしょうね。先ほど大久保様から話がありましたが、これからは私が賄方との間をお繋ぎすることになります」

その話があったのは今朝だったのですが、と西山は疲れたように言う。

「ああ、先ほど大久保様はそう言っていましたね」

「君は知らないかもしれませんが、大久保様はあの形《なり》で非常に優秀な官僚なのです」

西山は敬意を表明した上で言った。

「そして、苦労人でもあります。不慮の事故でご両親を喪ってから跡目を継がれ、ここまでずっと賄頭の職責を果たされてきたのですから。その彼が嘘偽りを申される筈がありません。本当にお忙しいのでしょう」

先ほどの正之の話にせよ、今の西山の話にせよ、大久保が非常に信頼されていることが分かる。

やはり人間は、見た目で判断してはならないようだ。

「その大久保様に、私があなたの望む食材を仕入れるように依頼します。さすれば直ちに賄方の役人が動き、手配してくれることでしょう。買い付けられた品々は、この私が責任を持って品質を吟味し、厳選し、最上のものを届けさせていただきます」

「それはとてもありがたい」

率直な感想が口から漏れ出てくる。平次はあくまでも料理を作る側でしかない。

ある程度までは食材のクオリティを見極めることができるが、それにも限界があった。

だが、西山のような誠実で熱意あるプロが事前に厳選してくれるとなれば、平次はなんの心配もなく庖丁を振るうことができるだろう。

任せられるものは任せ、自身は得意分野へ特化する。

そんな分業体制を敷くことができれば、色々なことがスムーズに運びそうだ。

「なんの、上様のためです。これからの仕事は、わたしにとってもやりがいのあるものになるでしょう。感謝するのはこちらの方です」

西山が爽やかな笑みを浮かべた、まさしくその瞬間。大久保がのそりと姿を現した。

彼は太陽を見ることなく俯いて、のっしのっしと歩いている。

(しかし、それにしても独特の人だよなぁ……)

改めて見るまでもなく、西山とは対照的だ。ガマガエルのような容貌で、着物の上からでも分かるほどの腹肉を揺するその姿は——どことなく近寄りがたい雰囲気を醸《かも》し出している。

(だけど、保科様や西山までもが有能な役人だと認めているわけだし、悪人じゃないんだろうな)

平次はそんなことを思いながら、勇気を出して大久保に挨拶をすることにした。

しかし、彼はじろっと平次を一瞥《いちべつ》しただけだった。

返礼もなく、のっしのっしと歩み去ってしまう。

「もしかして、嫌われてるのか……俺……」

大久保の背中を目で追いながらつぶやく平次に、そっと西山が耳打ちする。

「実は、御膳所の再編に伴って予算が大きく削られましてね……。いままで一回の食事あたり一〇食作っていたのが三食で良いということになったのですから、当然ですけれど」

「ああ、なるほど……」

平次は大きくため息をこぼす。

「つまり俺は、賄方の予算を減じた元凶にして原因そのものだと思われてるってことか……」

「とはいえ、仕方のないことでしょう」

西山は平次を励ますように、肩にぽんと手を置いた。

「それに、君は大久保様とやりとりする必要はないのです。私が仲介するわけですから。そもそもからして、私怨で上様にご迷惑をおかけするような事態にはならないはずです」

「そうだと良いんですが……」

平次はまた、大きく息をはいた。

心強い友を得ることができた反面、思わぬところで敵を作ってしまっていたらしい。

それが自分の過失が原因であるならまだしも、非がないところで嫌われるのは——なかなか不条理を感じてしまう。

（人間関係って、本っ当に面倒臭いなぁ……）

三発目のため息を盛大につきながら、平次はこれからのことに一抹の不安を覚えるのだった。

# 第九幕　征夷大将軍の立場／お綱の気持ち

西山と別れた後、平次はしばらくお綱の話し相手になっていた。

しかし話題もそんなに長くは続かないので、最後には貝合わせをしたり、花札に興じたり、はたまたおままごとに付き合うことになる。

かくして、遊んではしゃぎ疲れたのだろう。

見るからにして体力がなさそうなお綱は、やがて眠り込んでしまい――申の刻（午後四時）になると、平次は侍女たちに後を任せて御膳所へ入っていった。

「さて、それでは一仕事といこうかな」

今晩の料理は、これまでとは違って和風に仕上げようと思っている。

献立は一汁二菜。ご飯に味噌汁、擬製豆腐に里芋の鴨肉巻きを予定していた。

擬製豆腐とは豆腐料理のひとつだ。

作り方は簡単。豆腐の水気をよく切ってから崩し、野菜などの食材に塩などの調味料を加え、過熱して再形成するだけでいい。

混ぜる食材次第ではどこまでも栄養価を高められるので、お綱の体質改善を優先するならば、最適のメニューと言ってもいいかもしれない。

「まずは布、布っと」

擬製豆腐を麻布で包み、鍋を重石代わりに乗せて豆腐からゆっくりと水分を出していく。

これが地味に時間がかかるので、その間に新鮮な青物野菜を細切れにする。

次いで捌いたキスの身を庖丁でミンチにして、魚肉ペーストを作っていった。

それを混ぜ合わせたものを、水切りが終わった豆腐に合わせて練り混ぜるのだ。

しかし、このまま焼いてもボロボロになってしまうので、ツナギとして溶き卵と水溶き片栗粉を加えた。味付けのために醤油や砂糖に味醂を加えれば、後は一気に焼き上げるだけとなる。

(現代の卵焼き器さえあれば、四角形に整ったものをすぐに作れるんだが……)

ない物ねだりをしても仕方がない。

出来上がった擬製豆腐を、平次は包丁で四角形に整形していく。

自分の食膳に並べるのは切れ端で十分だろう。味は同じなので問題はあるまい。

「さて、こればっかりはちょっと手間がかかるんだよな……」

一呼吸いれてから、平次は里芋の鴨肉巻きを作りはじめた。

長芋と同様、里芋は栄養価の高い植物である。皮を剥いて、ぬるぬるの身を露わにしてから四分割にカット。それから薄くスライスした鴨肉を巻いていく。

この時、芋と鴨肉に串を通しておくと、しっかり巻くことが可能だ。

そうして出来上がった里芋の生肉巻きを、せいろを使って一気に蒸し上げていく。

鴨肉の旨味を里芋に吸わせることで、ほっくりと美味しく仕上げることができるのだ。

後は皿の上に盛り付ける際に、形を崩さないように静かに串を抜き、焼き味噌を添えれば——滋味あふれるおかずのできあがり、というわけだ。

「はぁ……今回も、とても美味しそうですね……」

平次が『御膳の間』に侍女たちと食膳を運ぶと、お綱はうっとりとした顔でそう言った。

入浴を済ませたことで、眠気もバッチリと醒めているようだ。

「御覧なさい、内藤。夜のご飯なのにふっくらとしていて、湯気まで立っておりますよ」

「上様……」

これまでまともに食事をしたことがなかった主君が、ご飯の炊きあがりひとつで喜んでいる。

それを見た内藤の目には涙が浮かんでいた。やはり、嬉しくて仕方がないのだろう。

(でもそれって、お綱さんは食事を取る能力が人並みにあった……ってことでもあるんだよな)

問題は、『なぜ食べることができなかったのか』あるいは『食べようとしなかったのか』という点にあるに違いない。

もちろん、色々な理由が考えられる。

純粋にこれまでの料理がまずかったから、だとか、あるいは味が好みではなかったから、という可能性もある。

はたまた、お綱自身が料理をまともに取れる精神状態ではなかったのかもしれない。

(それでも、今の彼女は食事を人並みに取れているわけで……)

お綱の小食の理由は、彼女自身の食に対するモチベーションの問題だった気がしてならなかった。

(この状態を一時的なものにしないで、ずっと続けられるようにしないとな)

そんなことを思ううちに、内藤はおかずを一口ずつ賞味して、毒見が済んだことにしていた。

彼としても、お綱に料理が冷めないうちに食べてもらいたいのだろう。

かくして、姫将軍は彼の想いを汲み取ったのか、あるいは単に我慢できなかったのか——すぐに食事に取り掛かるのだった。

「はふっ、はふっ……まさか、夜にあたたかいご飯を食べることができるだなんて、わたくし思いもしませんでした。やはり、冷たい食事よりもあたたかい食事の方が良いですね」

お綱は美味しそうにご飯を頬張りながら、ほっこりとした笑顔を浮かべている。

食事の楽しみを知った姫将軍は、これまで満たされることのなかったものを取り戻そうとしている雰囲気すらあった。

「そしてこのお味噌汁、なにやら一味違う気がいたします……」

「お気付きになりましたか」

とくに隠すべきほどの秘密ではない。平次は早速タネ明かしをすることにした。

「実は味噌汁の中に、ほんの少しばかり唐辛子を入れてあるのです」

「唐辛子、ですか……それにしては辛みを感じませんね」

「あくまでも適量、ということです。そして上様がお気付きになられたように、唐辛子は味噌汁の風味を良くしてくれますから」

「うふふっ、そうなのですね」

お綱は味噌汁をひとくち飲んでから、目を細めて言った。

「わたくし、この唐辛子が入ったお味噌汁……好き、かもしれません」

「はい、唐辛子には食欲を増進させる効果がありますから」

「……いいえ、そういうことではないのです」

途端、姫将軍の表情が変わる。

深窓の令嬢を思わせる薄幸の美貌に恥じらいの色を混ぜ、彼女は目を伏せて言った。

「きっと、平次様が作られたものだから……」

「お綱さ——いえ、上様……」

どことなく漂う甘酸っぱい雰囲気。

見なかったことにしたのだろう。内藤は我関せずとばかりにモリモリと白米を食べている。

とはいえ、流石に居心地は悪そうだった。

「ごめんなさい、このような事を言ったら……平次様を困らせてしまいますね」

「いえ、別に……そんなことは……」

平次がなんとか言葉を絞り出すと、お綱は口元に手を当てて嫋やかに笑う。

「ですが、本当に不思議ですね……作り手の顔が見えると、料理も違って見えてくるのですから」

お綱は箸で擬製豆腐を切りながら言った。

「わたくし、実は、擬製豆腐はあまり好きではありませんでした。ですが、平次様が作って下さったものだと思うと……美味しそうに思えて仕方がなくなってくるのです」

「上様……」

「ん……っ」

麗しの唇。その狭間に擬製豆腐が運ばれ、よく咀嚼された。

卵と片栗粉をツナギにした御肉と野菜と豆腐が、お綱の口のなかでほろほろと優しく崩れる。

それをこくんと飲み込むと、姫将軍は満足そうに微笑んだ。

「ほら、やはり……おいしいです」

「それは、良かったです」

「また、作ってくださいね。明日でも明後日でも構いませんから」

嫌いであった料理を美味しいと言って貰えることは、まさしく料理人冥利に尽きる。

幸福な気分に包まれながら、平次はお綱の食事の相伴に与ることにした。

「こちらの肉巻きも、本当にお上品……あら、この焼き味噌は……？」

「はい、それは赤味噌に味醂と醤油と酒を練り込んでから火に曝《さら》し、水気を飛ばしたものです。肉巻きと一緒にご賞味いただければと思いますが、単体でもおかずになるかもしれません」

言われるがまま、お綱は焼き味噌をちょんと箸で摘むと口に含む。

そしてきゅーっと目蓋を閉じて、全身をくねくねと悶えさせた。

どうやら相当気に入ったらしい。

「あぁっ、なんでしょう！　なんなのでしょう……！」

お綱はぎゅぎゅーっと身を縮ませた後、ぐっと勢いよく腕を突き出しながら言った。

「お味噌が、本当に美味しくなっていますっ……！　香ばしさも薫りも良くなって、何よりも優しい味……これは、ふっくらとしたお芋と鴨肉にもよく馴染みますねっ！」

姫将軍はそういいながら、美味しそうに箸を進めていく。

これがもう、止まらない止まらない。箸が繰り出されるスピードはまるで落ちず、有り難いことに今回も完食してくれたのだった。

「本当に美味しかったです。平次様、ご馳走になりました」

「いえ、これが俺の務めですから……」

「それでも、ですよ」

胸元を手で押さえつつ、優しい瞳で微笑んでくるお綱。

その艶やかな姿を見ると、思わず胸を高鳴らせてしまう自分がいた。

なにしろ相手は絶世の美女である。こればかりはどうしようもないだろう。

とはいえ。

お綱のことを、異性として認識しているような態度を取るのはマズいに違いない。

なにしろ、忠臣である内藤の前なのだ。後で誅《ちゅう》されて闇に葬られる可能性もゼロではなかった。

「では、今宵はここでお暇《いとま》いたします」

侍女たちが食膳を下げはじめたのを見て、平次は姫将軍に頭を下げる。

このまま内藤と共に城を出るつもりだったのだが、どうやらそうは問屋が卸さないようだ。

「平次様、わたくし……少し、お話したいことがございます」

お綱は言った。その表情を見る限り、色恋沙汰というよりも真面目な話題になりそうだ。

「どうか、今しばらくお付き合い願えませんでしょうか」

武家の最高権力者のお願いを断れるはずもない。

平次にはうなずく以外の選択肢がなかった。

内藤が退出した後、なんとお綱は人払いまでしてしまう。

そしていよいよ、平次はお綱とふたりきりになってしまったのだった。


「平次様、お隣に失礼してもよろしいでしょうか」

お綱の発言を受けて、どう対応すべきか平次は悩む。

うなずけば済む話かもしれない。しかし征夷大将軍が下座に移ることは許されるのだろうか。

そんな思いを巡らせていると、彼女はくすりと笑い——返事を待たずにちょこんと、すぐ横に腰を下ろした。

お風呂上がりの清楚な匂いが漂い、女性経験のない平次の心を掻き乱す。

「平次様、これからお話することは……本当は口の端にものぼらせてはならないことです」

お綱はささやくように言った。

「ですけれど、わたくしの命を救って下さったあなたには、伝えておかねばならないと思ったのです。どうか内密にお願い致します」

内藤から幕府とお綱の関係を聞いたばかりだ。お綱本人からの話があれば、より正確に事態を把握できると思ったし――なにしろこの場で「聞きたくありません」と逃げられるわけがない。

「お綱さんのためならば」

「えっ……？」

途端に、ぼっと赤面するお綱。

それを見た平次は、我ながら何を言っているのだと気恥ずかしくなってしまう。

ふたりの間に沈黙が訪れる。なんとも居心地が悪い。互いに過剰に意識し過ぎているせいだ。

「……あっ、あの……えっと、そのう……」

お綱は口をぱくぱくとさせながら、ぷるぷると震えている。

何から話せばいいのか分からなくなってしまったのだろう。

そんな彼女を見ていると、平次の心はむしろ落ち着きはじめたのを感じていた。

狼狽し取り乱す人が横にいると、一緒になってパニックになるタイプと、却って冷静になるタイプがいるが――平次は後者の人間だったのだ。

「大丈夫です、ゆっくりで構いません。お綱さんがお話しになりたいことを、お話しされたいだけ仰っていただければ大丈夫なのですから」

「平次様……」

救われた顔をした少女は、平次と膝が接するまで距離を詰め――そっと手を握り締めてきた。

それはきっと、江戸城で純粋培養されたが故の行動なのだろう。

お綱の体温が伝播して、身体の隅々まで染みこんでくる錯覚を受ける。

長い睫毛《まつげ》によって影が差したブラウンの瞳を見ていると、彼女以外のすべてがどうでもよくなってしまう。これが魔性なのか、と平次は思った。

「あの、重い女だと思わないで下さいね……？」

「何を今さら」

平次は照れ隠しに素っ気ない口調で言った。

相手が身分的に雲の上の人間なのだということを、この時、完全に失念してしまっている。

「俺が、お綱さんのことを悪く思うはずがないでしょう」

途端、少女の目元にじわりと涙がにじんだ。

姫将軍はそれをぐしぐしと手の甲で拭ってから、己の身の上についてぽつりぽつりと語りはじめるのだった。


少女は生を受けた時から、幕府や男たちにとって都合のよい生き人形でしかなかった。

政略結婚のための駒としてカウントされ、先代の家光公が亡くなってからは本当の後継者の目眩ましにされていること。

あくまでも本当の将軍の身代わりであり、女系の将軍を作ってはならないという理由から、夫を迎えて子供を残すことが許されないこと。

将軍の座に就いたのが自分の意思でなければ、譲位も自分の意思で行われるのではないこと。

女であるが故に男社会へ意見することが許されず、将軍が己の意思を周囲に伝える側近たる『側用人』を抱えることも許されないこと。

そして、何もさせてもらえないが故に、毎日を無為に過ごしていること。

そういった数々の事情を、お綱は絞り出すように話してくれた。

「わたくしは耐え切れませんでした」

少女は語る。

「将軍という立場から、口を開くことを控えねばならない生活に。あるいは、幕閣の者たちが望む姿を演じ続けなければならない自分自身に対して」

お綱の話すことは分からないでもなかった。身につまされる話でもある。程度の問題はあるが、同じような問題に平次も直面していたからだった。

あるいは人である限り、誰しもが、周囲の人間が望む枠のなかに押し込められることを経験しているのではないだろうか——平次はそう思う。

少女の場合は、その次元と度合いがひどすぎたのだ。

「不思議なことだとは思いませんか？」

姫将軍は助けを求めるように言った。事実、悲鳴に他ならなかった。

大人たちに支配されるがまま乱雑に扱われ、やがて廃棄される壊れかけの人形が軋む音だ。

「わたくしはわたくしなのに、それなのに誰もがわたくしを見て下さらない。徳川家の女、征夷大将軍、そういった肩書でしか見て下さらないのです」

孤独でした、とお綱は言う。

「わたくしのことを、ひとりの人間だと思って下さる方はいませんでした。爺も内藤も、いざとなればわたくしよりも幕府の存続を選ぶでしょう。わたくしはただ、からくりを動かす部品でしかないのです」

それが、一八歳になった少女の至った結論だった。

愛されない。誰も愛してはくれない。わたくしだけを見て下さらない。どうして？

そんな渇望と疑念の狭間で生きながら、辛うじてバランスをとりつつ生きてきたのだろう――これまでは。

幸せなはずがない。不満が生じないわけがない。

だから、きっと、自暴自棄になってしまったのだろう。

「お綱さんはそう考えたから、江戸城を抜け出したんですか？」

平次の問い掛けに、少女はこくりとうなずいた。

「自分でも、なんと愚かな真似を働いたのかと思います」

お綱はぎゅっと平次の手を強く握り締める。彼女が震えていることが分かった。

その手をそっと握り返せば、少女は硬直していた身体をゆっくりと弛緩させる。

「ですが、そうでもしなければ……もう、正気を保つことができそうになかったのです」

「幕府のなかで生きるのがつらくて？」

「それもあります。どうせわたくしが死んでも、何事もなかったかのように……弟をすぐに即位させるはずですから」

ですがそれ以上に――とお綱は平次の目を見つめながら言う。

「あの、地獄のような火災の記憶がありました。城が、城下が、幕臣が、江戸の民たちが目の前で焼けていくのに……力のない私には、何もできませんでした」

お綱はそっと顔を伏せる。

「きっと、わたくしに力があれば違ったのかもしれません。陣頭に立って消火活動に当たれたかもしれませんし、火災の後も皆を慰問《いもん》に当たれたかもしれません」

「しかし、それは叶わなかった」

辛そうな少女の意を組んで、平次は言った。

「その時も、幕府はお綱さんが声を上げることを拒んだ。女の出る幕ではないと、男に任せていればいいのだと、おおよそそんな風に」

こくりとお綱はうなずく。

「だからわたくしは……」

「耐え切れなくなって、逃げだした」

「……はい」

お綱はささやくように言った。

「生まれて初めての体験でした、誰にも縛られずに振る舞うことができたのは」

少女は微苦笑を浮かべる。どこか悲しげですらあった。

「馬を盗み出して、城を飛び出して……解放感があったことは否定できません。わたしは誰にも支配されていないただひとりの人間だと、無邪気にそう思うことができましたから」

「それ自体は、良いことだと思いますが」

平次は言葉を選びながら、悲哀の色を濃くした姫将軍に言う。

すると彼女は首を左右に振った。

「ですが、立ち直りつつある江戸の街並みを見ながら、気付かされたのです。わたくしは所詮、世のなかに大勢いる人間のひとりでしかないのだと。そして、ひとりではなにもできない人間なのだということを」

「……」

「笑い話でしかないのですよ、平次様」

お綱は渇《かわ》いた笑い声を漏らす。

「そして自由の謳歌《おうか》も長くは続きませんでした。めまいを覚えて落馬して、馬に逃げられて気付いたのです。非力な人間は、所詮、自由を維持すらできぬのだと」

「それで、桜ケ池に？」

平次は問い掛けた。お綱はうなずく。

「奇跡、だったのかもしれません。平次様と出会えたのは」

お綱は小さな声で言った。

「わたくしは薄暗い森の中で、ひとりぼっちでした。自分の力のなさを痛感して、これから自分が何をしたいのかも分からなくて、価値のないわたくしなど死んで良いはずなのに、それでも死ぬことは怖くて、ひとりは寂《さび》しくて……」

もはや、お綱の語る内容自体もこんがらがっている感がしないでもない。

だが、だからこそ、その心の葛藤や痛みを強く理解することができた。

「ですがそんな時、誰かが大声を発しながら池に飛び込む音が聞こえてきたのです」

「ああ、なるほど……」

たしかに平次は、あの時にひとりで騒いでいた記憶がある。

それがまさか聞かれているとは思わなかったし、なによりも、お綱を引き寄せる原因になったとは想像の範疇外《はんちゅうがい》だった。

「お綱さんはその声を頼りに、助けを求めようとして、足を滑らせて池に落ちた……そういうことだったのですか」

「お恥ずかしいことですが……」

少女は伏し目がちに言った。

「それでも、結果としては幸運にも良い方に転がってくれました。だって、あなたに出会えたのですから……」

裸にされた時には、傷物にされてしまうかと思いました——お綱はくすりと笑う。

平次の脳裏に、少女の裸体がフラッシュバックする。

（そうか、そうなんだよな……）

いま目の前に、あの真っ白で出るところが出た肢体が、着物という布を隔ててあるのだ。

どくんと心臓が高鳴ったのを感じる。

「平次様は素性も知らぬわたくしのことを一生懸命に考えて、助けて下さいました。そして、あのあたたかい雑炊を振る舞って下さったのです」

お綱は深く吐息をもらしてから、間をおいて言った。

「あの時、あの瞬間、わたくしは身体だけでなく心も救われた思いがいたしました。将軍としてではなくひとりの人間として、他者から真摯《しんし》に思って頂いたのですから」

だから、もう一度、お逢いしたかった。お綱は平次の両手を握り締める。

まるで、大切なものを絶対に手放すまいとする童女のように。

「平次様のことは、他人ごとではありませんでした。周囲の望む通りの生を歩まされようとしている境遇が、わたくしと同じだと思ったのです」

平次は必死にそう訴えるお綱に問い掛ける。

「だから、俺を呼び出したんですか？　幕府の人たちを巻き込んで」

「申し訳ございません……」

少女の視線はただ平次にのみ向けられている。ブラウンの潤んだ瞳の向こうには、強い不安の色が浮かんでいた。

考えるまでもない。見捨てられることを恐れる子犬のような目だった。

あるいは、大切なものを絶対に失うまいと必死になる童女のようですらある。

「ですが、それ以外に思い浮かばなかったのです。幕閣の老人から譲歩《じょうほ》を引き出し、かつ平次様を本船町のしがらみから引き剝がして差し上げる方法を……」

お綱は一生懸命に訴えてきた。そしてここまで他者に執着されたことがあるだろうかと、平次はふと思う。ない、こんな経験は一度としてない。

平次を求めてきた者たちは、誰もが医者としての平次を求めていた。もちろんそれで救われた者は大勢いるのだろう。されど平次の思いは決して満たされることがなかったのだ。

彼女に心惹かれた理由は、もしかすると、そんなところにも起因しているのではないか——ふと、平次はそんなことを考える。

「わたくしは、馬鹿で愚図な女ですから……」

「自分をその様に卑下しないでください、お綱さん」

目元に涙をじわりと湛《たた》え、必死の面持ちを見せる姫将軍の手をふりほどき——その肢体を強く抱き寄せていた。

理性的ではなく、情動的な行動だった。

武家社会の頂点に君臨する存在を、町民上がりの男が抱擁しているのだ。

どのような罪に問われたとて文句を言うことはできないだろう。

だが平次は、これ以上、少女に自傷的な言動を言って欲しくなかったのだった。

「お綱さんが俺を招聘してくれなかったら、俺はずっと後悔し続けることになったと思います」

「ですが、わたくしのやったことは……あなたにとっての新しいしがらみを、再生産することでしかなかったのです。褒められたものではありません」

「ですが江戸城《ここ》では、今まで以上に料理へ力を注ぐことができるじゃありませんか。だから、感謝しています。膳医として抱えて下さったことに」

「平次様……」

美しくほころんだ貌を見て、平次は深く嘆息する。

「それに、お綱さん……あなたは非常に美しい。そのあなたが、俺を強く求めて下さっている。俺はその事実を、心から嬉しく思っています」

この言葉はきっと、本心なのだろう――発言した当の本人である平次は、そう自覚した。

対するお綱もまんざらではなさそうで、ぎゅっと平次を抱き返す力を強めてくる。

どんどん上昇する女の体温を感じ、お綱の側にいることができる幸福感に酔いしれた。

(俺の夢は変わらない。安くて美味い手作り料理のレストランを開きたいという願いは)

だがその時に、お綱がいてくれれば――と妄想してしまう。

それが大それた空想であるとは分かっている。しかし、どうしても考えてしまうのだ。

やはりこの姫将軍は、魔性の女なのかもしれない。

# 第一〇幕　日本橋駿河町／亀丸屋

万治二年（一六五九年）二月二〇日。

町医者の息子である平次が膳医として登用されてから、およそ半年が経過していた。

幕府の様々な物品調達を担う賄頭。その部下であり、御膳所に納める食材のチェックを専門的に担う西山は、その仕事柄もあって平次のことを考えることが多い。

部署を超えた友情を培ったふたりは、いまや公私ともに親しく結ばれている間柄だ。

西山からすれば、平次は得難い友でもある。賄吟味役という仕事は目立たず地味だが、にもかかわらず繊細な心配りを要求される。

平次はこれまでの料理人以上にその点を理解しており、かつ西山の仕事にかける熱意を尊重してくれていた。大切に思わないはずがないのだ。

ゆえに毎日の職務にやりがいが増しており、西山は真摯に己の職責を果たしている。

先ほども平次の依頼を受け、急遽《きゅうきょ》、城下町の市場で食材を調達して納品したばかりだ。

本来なら賄頭の大久保を通すのが筋なのだが、急に必要になったというのだから致し方ない。

おそらく、公方様がお風邪を召したのだろう——西山はそう推測している。

というのも、あくまでも旗本ではなく御家人であり、将軍に拝謁《はいえつ》することができないからだ。

むやみやたらに将軍の事情を詮索しないデリカシーも持ち合わせているので、平次に『公方様はお病気ですか』などと聞きはしない。

されど西山は食材の吟味を通じて、将軍の健康に直接寄与している立場の人間である。

人一倍責任感は強く、だからこそ激怒していた。江戸の市場を目の当たりにしたことで激怒した。

現状が決してゆるされるものではないことを、完全に理解したからである。

「許せません……こんなことは、絶対に！」

酉の刻（午後六時）。雪の降りしきる夕暮れのなか——西山は肩を怒らせ、日本橋を渡っていた。

傍目から見ても激怒していることが丸分かりであるため、誰もが大人しく道を開けている。

その怒りの理由は簡単だった。将軍が食べている食材よりも、下手をすれば庶民が食べている物の方が——品質が高いと分かってしまったからだ。

予兆は、あった。

平次が膳医に任官されてから、西山のところへ届く食材の質が低下しはじめたのだ。

幾度となくその事実を上司である大久保に進言してきたが、事態はまるで改善される気配がない。

彼は『いま市場には低品質の物しか流れんのだろう』と語っていた。

西山は品質を検めるプロであり、食材を調達するプロではない。

そのため大久保の言葉をそのまま信用してきた。

これまでとは異なり、平次と緊密にやり取りをしはじめたことで、市場のチェックができなくなってしまっていたからだ。

しかし今日、江戸の市場を網羅的に視察できたことで、大久保の発言が誤りであることを知ってしまった。

「もはや、一刻の猶予《ゆうよ》も許されません」

今すぐ解決しなければ、江戸城に納められる食材の質の低下に——歯止めがかからなくなりそうな予感がある。

そして平次が将軍にかかりっきりになっている現在、すぐに動けるのは西山をおいて他にいないのだった。

美青年の足は日本橋を越え、大通りを北に進んで駿河町へと向かっている。

この町は巨大な呉服屋である「越後屋」が出店し、現代へと続く大型百貨店の礎を築いた地区としても有名だ。

しかし万治二年の段階で、越後屋は出店していない。この店が進出するのは天和三年（一六八三年）だからである。

されど、駿河町は伝統的に大商人たちの町であることに変わりはない。

日本橋は江戸の物流の中心である。

そして商いの基本が物流である以上、巨大な資本力を有する商人たちがこの地に進出しようと目論むのは当然のことだった。

そして明暦の大火はこれまで強大な影響力を振るってきた古い商人たちを没落させ、新興勢力の成長を促す結果を生んでいる。

道沿いの商店はどれも新興商人のものばかり。西山が踏み込んだのも、そのうちのひとつだ。

表に掲げられている看板には『亀丸屋』とある。

「賄頭旗下、賄吟味役を務める西山勝太郎である！　主はいるかっ！」

亀丸屋は食料品を専門に取り扱う卸売商だった。

時間が時間ということもあり、店内には客らしき者は誰もいない。

いるのは店番を任されている胡散臭そうな容貌の青年であり、彼はのそりと立ち上がると奥へと引っ込んでいった。おそらく店主を呼びに行ったのだろう。

「これはこれはお武家様。お寒い日にわざわざお越しいただきまして幸甚でございます」

青年が店裏に姿を消してからしばらくの時間が経ち、現れたのは異様な老人だった。

まるで、骸骨《がいこつ》が極上の着物をまとって歩いているかのような姿である。

顔面は皺《しわ》だらけで、その落ち窪《くぼ》んだ眼孔の奥深くには邪悪に澱《よど》む瞳があった。

彼は深く腰を折りながら、爛々と目を光らせながら言う。

「亀丸屋の主人を務めさせていただいている、金衛門《きんえもん》にございます。大久保様のご関係筋の御方とのことですが、本日は一体どのような御用件で？」

その声は西山の感情を逆撫でするような色を含んでいる。

あるいは、踏み込まれた理由を分かっているような感じもする。

少なくとも西山にはそう思えたし、怒りに油を注がれたような感じもあった。

「とぼけるなッ、決まっているでしょうッ！」

目を大きく見開き、その涼やかな容貌を怒りに染め、西山は骸骨老人を怒鳴りつける。

「その方《ほう》！　大久保様のご指示によって、江戸城へ納める食材の買い付けを担っていることに相違ありませんね！」

「はい、左様でございます」

「ぬけぬけと、よく言えたものですね！」

西山は怒りに声を震わせながら続けた。

「お前たちが納める食材の質が、確実に落ちてきているのです！　これは一体どういうことですか！　公方様にお出しする食材なのですよ！」

「ははぁ、お怒りはごもっともでございますな、お武家様」

その凶悪な瞳で西山を捉えながら、金衛門が粘ついた声で言う。

「しかし、御不興を買うことを恐れずに言えば、お武家様は商いのことをご存知ないのでしょう」

「……なんだと？」

「食材は生き物にございます。そして生き物であるが故に、良い時期と悪い時期があるのは必定。ここ最近は、全般的に食材の質が落ちてまいりまして――」

「嘘を言わないでいただきたいッ!!」

西山は凄まじい声量で糾弾する。

今の金衛門の発言で、亀丸屋が悪質だということを確信したからだった。

「私は先ほど、庶民たちの市場をしかとこの目で検めてきました！　さすればどうか、お前たちが我が許に納品する品々よりも、はるかに質が良いではありませんか‼」

「……」

「武士が町民どもの市場で直接売り買いをせぬと思っているかもしれませんが、そうではありませんよ！　大久保様の目は誤魔化せても、この私の目は誤魔化せません‼」

西山は義憤に燃えながら金衛門に詰め寄っていく。

そしてその胸倉をつかもうとした、まさしくその時、

「勝太郎、お前は一体なにをしているのだ？」

西山を呼び捨てにする、甲高い声が店の奥から響いた。

「お、おっ……大久保様ッ⁉」

聞き間違うはずもなければ、見間違うはずもなかった。

なんということだろう。西山の上司であり、有能にして勤勉実直の誉《ほま》れ高き大久保内膳が——店の奥からのそりと姿を現したのだった。

「なっ、何故ここに……？」

予想外の人物の登場に狼狽しながら、西山はうめくように訊く。

「ここで何をなさっておられたのですか、大久保様！」

対し、大久保は悠然としている。そしていつもの甲高い声で応じた。

「商談に決まっておろう」

肥満した官僚は余裕たっぷりに言う。

「ここはこの内膳が、城に食材を卸すよう依頼している亀丸屋なのだぞ？　言うまでもあるまい」

大久保と金衛門の容姿は、まるで真逆といっていいだろう。

幕閣の覚えもめでたい実務派官僚がのっしのっしと亀丸屋の店主に近寄ると、その骨張った肩にぶくぶくと肥え太った手を置いた。

「勝太郎、お前の上様に対する忠誠心はこの内膳がよーっく知っておる。おぬしが今しがた訴えたことも、痛い程によく分かる」

大久保は噛んで含めるように言った。

「だが、お前も知っているだろう？　御公儀の食材購入費が減じられたことは」

「は……」

「うむ。亀丸屋はそういった逆境のなかで努力しておるのだ。その点は理解してやらねばならぬ」

どうやら上司は、資金の欠乏を理由にして亀丸屋の肩をもつようだ。西山はそう理解する。

(しかし、それは本当に正しい説明なのでしょうか)

徳川将軍たる家綱公に供される食膳は、かつての一日二〇膳から六膳にまで激減している。

作る量が多く減ったからこそ予算も減らされたのであり、一食当たりの額面はそこまで変わっていないはずだった。

つまるところ、江戸城に納められる食材のグレードを落とす理由にはならないのである。

「……左様でございますか」

しかし西山は首を垂れる。そうせざるを得なかったのだ、体系化された身分制社会においては。

「おお、そうだとも」

大久保はにこやかに応じた。

「だからお前も、今日は大人しく帰るがいい。この内膳が、すべて上手く取り図ってみせよう」

「……」

西山はグッと歯を食いしばり、一礼した後――雪の降りしきる店外へと飛び出した。

その内側では凄まじい反骨心が踊っている。

「畜生、覚えておくがいい、ゲスどもめ」

人通りの失せた雪道を足早に歩きながら、元来温厚なはずの容貌に――西山は鬼の形相を浮かべていた。ギリギリと歯ぎしりの音が響く。

「私は決めた、決めましたよ。あなたたちが公方様や友にとっての悪であると、決めてしまいました。私個人の問題であれば黙りましょうが、すでに大切な方々へ害が及んでいるのは許せません。くそったれ、くそったれどもめ。必ずや尻尾を掴み、後悔させて進ぜましょう」

◆　◆　◆

西山の後姿を見送ってから、大久保はのっしのっしと我が物顔で店の奥に戻りはじめた。

金衛門はその後ろに、まるで感情の見えない表情を浮かべながら続いた。

「それにしても、思わぬところで邪魔が入ったな」

「そうでございますなぁ、大久保様」

骸骨老人は真顔で応じる。前を歩く大久保はそれに気付かない。

金衛門は江戸の生まれではなく、近江国甲賀の出身だった。

彼の一族は代々豊臣家に仕えた忍びだったが、同家が大坂の陣で滅んでから自立。江戸に出て、野菜の卸売りをはじめるに至った――という特殊な経歴を持つ。

金衛門が幸運だったのは、江戸に出てきたその日に、父親の逝去に伴って賄頭の地位を継いだ大久保と出会えたことだろう。

彼の知遇を得て、便宜《べんぎ》を図ってもらいながら亀丸屋を大きくしてきたのだった。

それは今も同じで、亀丸屋が幕府公認の卸売商になったのは大久保の口利きによるものである。

「気を付けねばならんかもしれん」

「たしかに、念を押すに越したことはないでしょうな」

そして現在、亀丸屋は潤沢《じゅんたく》な資産を有する一大商家と化していた。

通りに面している表店の店舗のみならず、裏路地にあたる裏店にも屋敷を保有しているのだ。

この裏店屋敷は塀《へい》によって厳重に囲まれており、ここに入るためには――いま大久保たちが歩いている、表店と裏店を繋ぐ連絡通路を通るしかない。

「いずれにせよ、興が冷めたことに変わりはない。また昂《たかぶ》らせてもらわねばな」

そして大久保は全裸になった。裏店屋敷の入り口には大勢の雇われ浪人たちがいるのだが、彼らの視線などまるで意に介していないらしい。

汗濡れのつゆだく。見苦しい七段腹が男たちの前で露わになり、ぶるんと揺れる。

「大久保様、雪が降っておりますが大丈夫ですかな」

「おお、そうか。雪が降っているのか、気付かなかったな」

大久保は焦点の合わない目で金衛門を見て、笑った。

浪人たちが裏店屋敷の扉を開き、肥満漢はそのなかへと進む。

「気付かないのであれば、それで構いませんがな」

屋敷の扉を開いた瞬間に立ち昇る、むわりと濃厚な甘ったるい煙。

しかしそれは、金衛門がぴしゃりと戸を閉めたことで直ぐに流出が止んだ。

屋敷の内部は仕切りのない長屋住居で、土間と、そこから一段高いところに広がる畳敷きの座敷しかない。

その座敷には一七人の女たちがいる。いずれも美形ぞろいだが、どこか虚無的な表情をしていた。

だが大久保の姿を見るや否や、彼女たちの顔には動物的な喜色が宿る。そしてたちどころに黄色い歓声が上がった。

「ハハッ、大久保様はおなごに人気でありますな」

たちまち女に絡みつかれていく脂肪漢。その姿を見ながら金衛門は言う。

「なかなか嫉妬してしまいますな」

「おお、そうだ。もっと嫉妬するがいいぞ」

大久保は両手に抱いた女の乳房を握り締めながら言った。

「なにしろお前の妻子五名も、この内膳の手付きなのだからなっ」

「ええ、えぇ、流石でございますなぁ大久保様」

女たちを囲ってご満悦の大久保を視界に収めながら、金衛門はぎょろりと瞳を動かした。

脂肪漢の腰にすがりついている美女たちの中には、たしかに彼の妻子がいた。

しかし娘四人の母親は同じだが、父親はそれぞれ異なっている。つまり、彼女たちとは血の繋がりがないのだった。

彼女らを除く一二名は、すべて金衛門が誘拐してきた女性たちである。

人妻から嫁《い》かず後家、嫁入り前の娘などバリエーションも豊かだ。そして彼女たちは皆、完全に正気を失っていた。

「この雌犬どもめ。それほどまでにこの内膳を欲するのであれば、犬の真似事をしてみよ。一番犬らしく振る舞うことができた者を可愛がってくれよう」

その言葉を聞いた途端、美女たちは着物の裾をめくりあげ、尻を露わに四つん這いとなった。

そして「わんわん」と鳴き真似をしながら腰をくねらせていく。

大久保が血走った眼で一七人の女の尻を眺めている間、金衛門は部屋の隅へと移動していた。

そして香炉のなかで、何やら怪しげなものを燻《いぶ》しはじめる。部屋に充満している甘ったるい煙が、さらに密度を濃くして広がっていった。

（ふん、所詮は内膳もおなご共も、『つがる』があればこのザマよ）

金衛門は嘲笑を骨ばった顔に浮かべながら、怪しげな粉末が入った箱を香炉の横に置いた。

それは人の心と身体を破壊することで知られる魔の薬――阿片に他ならなかった。

阿片の原料であるケシが東北の津軽地方で多く生産されていたため、『つがる』という隠語で呼ばれることがある。

「さて、大久保様」

阿片によって心身共に薬物汚濁された男に、金衛門は呼びかけた。

彼はまだ、理性がわずかに残るようコントロールしている。しかし金衛門の妻子を含めた女たちは皆、もう薬以外の何も考えられなくなるほどに汚染されていた。

「どうした金衛も――んほぉっ!?」

わんわんと鳴きながら這い寄った美女に肛門を舐められ、大久保が飛びあがる。

七段腹がむさくるしく揺れた。そして彼は振り返るなり、いきなり平手打ちをかますのだった。

「いきなり尻を舐めるとは、この雌犬めが！　恥を知れ、恥をっ!!」

パァンと張り飛ばされたのは、今年で三〇歳になる金衛門の妻――千代だった。

倒れ伏した彼女に、大久保は興奮した様子で躍りかかる。

そしてむっちりとあぶらの乗り切った双臀を、ぱんぱんっと平手で叩きはじめた。

まさしく暴虐の所業だったが、麻薬に犯された彼女の身体と思考はそれを受容してしまう。

「雌犬っ、この内膳の魔羅で貫かれたくば、もっと尻をあげるのだっ」

「わんわんっ」

周囲には女たちが群がり、肥え太り脂ぎった大久保の全身を舐めはじめている。

全身を這いずりはじめた美女たちの粘膜に興奮した脂肪漢は、劣情にかられるがまま千代を後ろから貫いた。その双眸《そうぼう》は爛々と光っており、まさしく野獣と言ってもいいだろう。

彼は激しく腰を振るいながら「綱姫様、綱姫様、綱姫様」と病的に呟いている。

「大久保様、話の途中ですぞ」

妻が犯されているというのに、金衛門はまるで顔色ひとつ変えようとしない。愛情という感性は、この骸骨老人とはまるで無縁なのだ。

「しかし、色々と困ったことになりましたなぁ」

千代を犯している賄頭に近付くと、金衛門は彼の頭へ刷り込むようにささやいた。

「あぁ、困った、困ったな」

ドラッグとセックスによって正気を失い、金衛門の言うことをただ繰り返すだけの大久保。

骸骨老人は部屋に転がっていた徳利を持つと、その中身を口に含む。

そして旗本に接吻すると、彼の口のなかへと大量の酒を流し込むのだった。

「ええ、そうでございましょう。大変困りましたなぁ、あの西山という吟味役は」

金衛門はささやくように言った。

「我らの関係に、感づいたやもしれませんなぁ」

「だっ、だが西山は……あれはあれで有能な男なのだ」

犬のように激しく腰を振りながら、大久保は虚ろな声を漏らした。

「あの男を失うのは、幕府にとっては実に惜しい」

「ですが情けを掛ければ、首を取られるのは我らですぞ」

「そっ、それは困る、困るな……おほほっ」

セックスとドラッグにアルコールが加われば、人間の理性などたやすく消し飛んでしまう。

無様に容貌を崩した大久保に、金衛門は執拗《しつよう》に刷り込んでいく。

「そうです、困りますなぁ。西山とやらに詳細を嗅ぎつけられれば大久保様は二度と『つがる』を吸えぬようになりますし、おなごも抱けぬようになりましょう」

「ああ、困った、それは困ったなっ」

犬のように腰を振りながら、おうっおうっと肥えたセイウチのような声を上げる大久保。

その様子を、元甲賀忍びは冷徹な目で捉え続けている。

「それに、そのようなことになれば大久保様の願いも叶わなくなりますぞ?」

「この内膳の、願い……だと……」

「さて、覚えておいででしょうかなぁ」

「覚えているに決まっておろうっ！　我らが公方様であられる家綱公……いやっ、綱姫様をこの内膳が一生涯かけてお守りすることだっ!!」

千代の豊かな尻肉に、だるんだるんの贅肉をぶち当てながら大久保はうなった。

「旗本であるこの内膳は、まだ姫であられた頃の、麗しき上様にお目見えする機会があったのだ……！　それはもう、美しい御方であった……一生涯忘れられなくなるほどにッ!!」

「それはそれは」

「だから、許せないのだっ！」

大久保は、唾液を口の端からブルドックのように垂れ流しながら言う。

「綱姫様が征夷大将軍に補任された日、この内膳は幕閣の老人共が密談を聞いてしまったのだ。綱姫様はあくまでも繋ぎでしかなく、やがて弟君に譲位を強いられ隠居されるのだと。しかもその際、死んだことにされ、地下の座敷牢に幽閉されると言うではないかっ！」

金衛門は大久保の言葉に首肯する。

洗脳し、自分の駒として扱おうとする時、相手の主張を全肯定することは非常に重要だった。

「許せませんなぁ、そのような非道な行いは許すわけにはいきませんなぁ……」

「そうだっ、許せんのだ!!」

薬、酒、女に溺れながらも大久保は義憤の声を発する。

「だからこそ、綱姫様が将軍の座を退かれた時……幕閣の者に拉致される前に、あの御方を救い出さねばならぬのだっ!!」

金衛門と知り合う以前から、大久保は勤勉実直にして真面目な性格の男だった。

旗本として幕府への忠誠心も強く、将軍を支えようという思いも一際強い。

だがその彼の道を殺めてしまったのが、他でもない金衛門なのだ。

「そして、我が屋敷にて綱姫様をお匿《かくま》いし、たっぷりと『つがる』をお吸いになって頂くのだ……っ！　さすれば憂いも悩みなく、幸せに暮らして頂けるであろうッ!!　うっ」

「あっぱれな忠義心でございますな。この金衛門、いたく感服いたしました」

身を震わせて千代の奥深くに迸りを放った大久保。

瞳をぎょろりと動かしながら、その彼に対して骸骨老人は賛意を示す。

「なれば、この金衛門……大久保様のためにお力をお貸ししましょう、しからば」

「分かっておるっ、金が欲しいのだろう⁉　分かっておるわッ！」

大久保は肉塊を震わせて、また千代の最奥に放ちながら甲高い声で叫ぶ。

「お前は昔から、金にしか興味を持たない男だったからな！　この内膳は、幕府より預かった調達費を執行できる！　金はすべてお前に渡す！　文書など幾らでも偽造できるのだからな‼」

「しかし、よろしいので？」

金衛門はささやくように訊いた。

「幕府の公金にございますぞ？」

「構わぬ！」

大久保は千代からずるりと自身を引き出すと、今度は手近にいた萩乃にのしかかる。

まだまだうら若い少女は、千代が産んだ二番目の子供だった。

「金衛門、お前は幕府の公金を適切に運用し、差額で儲ければ良い。なに、違法なことなどなにもしておらぬのだからな」

「そうでございますな」

血の繋がらない娘が、白豚の下で痴態を曝《さら》している。

その姿を冷めた目で見つめながら、骸骨老人は言った。

「この世は金でございます。金がなければおなごを飼うどころか、『つがる』さえ買い付けることができなくなりますからな」

「金だ、金だっ、金だッ!!」

まだまだ幼さを残す少女に激しく腰を打ちつけながら、大久保がうめく。

「甲斐性がなければ綱姫様にひもじい思いをさせてしまう!! そうだ、金だ!! この世は金こそがすべてなのだッ!!」

お綱の名前を叫びながら、大久保がまた身体を硬直させた。

それを見た金衛門は、びくんびくんと痙攣《けいれん》する脂肪漢の顔を覗き込みながら尋《たず》ねる。

「では、あの吟味役はいかがいたしますかな?」

「……お前の好きなようにするがよい」

激しく息を荒らげながら、大久保は言った。

「いつものように、お前の伝手《つて》で甲賀忍びを雇えばよいであろう。勝太郎が何か怪しげな動きを見せたら殺せ。この内膳にとって、綱姫様をお救いすることが何よりも大切なのだ」

「そうですな。蛆《うじ》は踏みつぶすに限ります」

真っ白でぶよぶよした巨体をのたくらせる大久保を見下ろしながら、金衛門は言った。

「では、この金衛門が上手く取り計らいましょう」

では、ごゆっくり――骸骨老人は邪悪な笑みを浮かべ、阿片の煙まみれの部屋から辞していく。

彼が去った座敷では、肉塊と美女たちの見るに堪えない情景が広がっていくのだった。

# 第一一幕　江戸城の日常／新たな立場へ

「けほっ、けほっ……」

亀丸屋の裏店屋敷で醜悪な騒動が起こっていた、まさしくその時のこと。

男子禁制の大奥。その『御小座之間』でお綱は病に倒れ、純白の寝巻をまとい臥《ふ》せっていた。

江戸時代には現代的な掛布団はまだ存在していない。

夜着という厚手の着物を被って寝るのが普通だったのだ。

床に臥せるお綱にも上質な着物を掛けられている。

「へいじさま、へいじさま、へいじさま……」

風邪を引いて心細くなったのか、少女はうわごとのように膳医の名前を呼んでいた。

まさしくそのタイミングで、男がお盆を持って入室する。

背後に続く侍女のひとりは、幾重《いくえ》にも布で保護した水差しを携えていた。

「どうしましたか、お綱さん」

侍女が自発的に室内から立ち去りふたりきりになると、平次はお綱の顔をそっと覗き込んだ。

こういった状況は珍しくもない。共に重ねた月日の数もあって、密室にふたりだけになることも恒常化しつつある。そして口調も随分とフランクになっていた。

もっとも、平次は彼女に手を出していない。

互いに異性を知らないままで、しかしそんな状況に満足してもいる。

隣にいるだけで精神的に満たされるからだった。

「たすけて、たすけて……へいじさまぁ……っ」

悪夢を見ているお綱の枕元に腰を下ろし、額に浮かんでいる汗を濡れ布で拭い去っていく。

すると、ひんやりとした感覚で目覚めたのだろう。ゆっくりと少女の目蓋が開く。

涙を湛えたブラウンの瞳に男の姿が映り、姫将軍は救われたような顔を見せる。

「あ……へいじさま、平次さま、平次様っ」

「大丈夫か。随分とうなされているようだけど」

優しい声で尋ねると、お綱はそっと真っ白な手を差し伸べてくる。

白魚のようなその手先を握り締めると、平次は言い聞かせるように言った。

「安心して下さい、俺はここにいます。お綱さんの病気は、絶対に治りますから」

「ほんとう、ですか……？」

「ええ、本当です。お綱さんが協力してくれれば、ですが」

平次はゆっくりと、掛布団替わりの夜着を剝ぐ。

それから彼女のふとももの上に、四脚の食台を置いた。

料理の入った容器をそこに移してから、平次はお綱の身体を支え起こす。

汗の甘酸っぱい香りが姫将軍の襟元から漂って、思わず胸が高鳴ってしまった。

「平次様……わたくし、寒くて……」

男の胸にそっと上体を預けながら、お綱は甘えた声を上げている。

彼女は数え年換算で一九歳になっていた。

ちなみに、現代のように誕生日を起点に数えれば——まだ一八歳である。

（一八歳と一九歳って、実際はそんなに差がないはずなのに……一度意識すると、まるで違うように思えるのが不思議だよなぁ）

そんなことを考えながら、平次は軽く咳込むお綱の肩や背中を優しく撫でた。

少女もそれを当然のスキンシップだと捉えているのだろう。特に咎《とが》めたりはしなかった。

「大丈夫です。しっかり食事を取れば改善しますから」

「ごはん……」

「食べられますか？　大丈夫ですか？」

「ん……」

お綱は童女のような仕草でうなずいて、全身から力を抜いた。

そして、くてっと身体を男にゆだねてくる。

数え年で一一歳の時、大人の都合で将軍に祭り上げられたお姫様だ。

少女にはこれまで甘えることができる相手がいなかったし、少女を甘やかすような相手もいなかった。そういった意味で、平次が上手くはまり込んでしまった感もある。

「平次様、もっと強く抱いて下さいませ」

自暴自棄になって城を抜け出し、結果として死にかけたお綱。彼女を助けた平次は、以来ずっと

――彼女のために料理をつくり、病気になれば手厚く看護をしてきた。

箱入り娘な少女が心を許して甘えるようになったのは、ともすれば必然だったのかもしれない。

これまで抑圧されてばかりだったお綱の心を優しく慰撫《いぶ》し続けた結果、彼女は完全に平次に依存してしまっていた。

「あなたになら、傷付けられても……わたくしは……」

ささやくように告げてきた姫将軍は、自分の口走った内容を自覚したのだろう。

顔を真っ赤に染めて、恥ずかしそうに伏せてしまった。

だが依然として、その細い指先は平次の胸元をぎゅっと握り締めている。

「傷付けなんてしないさ、滅多な事でも起きない限りは」

そして平次も、現状を甘受している時点で気持ちを露わにしているようなものだ。

されど、それは、絶対に口に出してはならないことだった。

出した瞬間に、お互いの関係が取り返しのつかないことになる――そんな予感があったからだ。

「さて、お綱さん」

平次は少女の薄いお腹を着物越しに撫でながら言う。

「まずは食事の前に、このお茶を」

侍女が運んでくれた水差しから、湯呑にそっと温かい液体を注ぎ入れる。

するとお綱は、静かに吐息をこぼしてから訊いた。

「とても、良い香りがいたします。わたくし、鼻が上手く利きませんけれど、それでも分かるほどに……これは、一体なんなのでしょうか」

「春菊だよ」

平次は水差しを置きながら返答する。

「お湯に春菊の葉をくぐらせて、香りを移してあるんだ」

「春菊、ですか……」

お綱は不安そうに平次の胸を撫でた。

「あれは、とても苦いお野菜だったと記憶しているのですけれども」

平次はうなずいた。

「たしかにその通り。でも、過熱し過ぎれば、の話でしかない」

お綱の手の甲を撫で返しながら、言葉を続ける。

「春菊は熱を通し過ぎると苦くなる植物なんだ。だから、熱するのは五秒ほどでいい」

「五秒？」

「そう、五秒。いち、に、さん、し、ご、と数えるんだ。南蛮における時間の測り方さ」

平次はお綱の手の甲を撫でるのを止める。

「いずれにせよ、それだけでいい。たったそれだけの間で、春菊の匂いと栄養をお湯に移すことができるんだ」

姫将軍の華奢な身体を抱いたまま、その口元へ湯呑を近付けていく。

「咳を和らげ、胃腸の働きを良くしてくれる。慌てず、ゆっくりと飲んで欲しい」

「はい……」

熱過ぎもせず、ぬる過ぎもしない。

まさしく適温な春菊茶を、お綱はこくりこくりと飲んでいく。

そして湯呑のなかを干した時、ほっと幸せそうなため息をもらす。

「とても、優しい味がいたしました。鼻がつまっていても分かるほど香りが強くて、それでいてお下品でもなく、苦くない……心がほっと落ち着きます」

「もし嫌でなければ、もっと飲んだ方が良い」

平次はお綱の肩を撫でながら言った。

「風邪を引いた時は、とにかく水分を取った方がいいから」

「でっ、ですけれど……」

お綱は恥ずかしそうにささやいた。

「飲み過ぎると、そのう……お厠に行きたくなってしまいますし……」

平次はその言葉で、少女の言いたいことを理解する。お綱を診療所に担ぎ込んだ時に母親も言っていたが、姫将軍は自分で用を足すことができない。

つまり侍女が誰もいない現状、もしお綱がもよおしても、対応できるのが平次しかいないということになる。

「別に俺は構わないけど」

「でっ、ですけれど……」

お綱は湯呑を持ってわたわたしながら言った。

「わたくしはまだ嫁入りもしていなくって、それに、あの、殿方に拭いて頂くのは……！」

「大丈夫。患者の下の世話をするのには慣れてるから」

「えっ……？」

姫将軍の顔から羞恥の色が消え、『信じられない』というような目で平次を見つめる。

その口はまるで栗のようなかたちに開いていて、身体全体をぷるぷると震わせていた。

どうやら自分を、不特定多数の『患者』というカテゴリーにぶち込まれたことにショックを受けてしまったようだ。

「わっ、わた……えっ、え……あの、わたくし……あのう……」

見ていて哀れみすら覚えるほど取り乱しているお綱。

そんな彼女に平次は優しく語り掛ける。

「でも、本当にそう思っているんだ。お綱さんには早く風邪を治してもらいたい。君が辛そうにしている姿は、あまり見たくないから」

「うぅ……」

喜んでいいのか悪いのか、いまいちよく分からないという表情をしている。

そんな彼女に、平次は意地悪そうに言った。

「それとも厠で、男としての俺に後始末をして欲しいとでも？」

「い、いえ……それは、えっと……」

お綱は目をぐるぐると回しはじめる。

発熱によって薄桃色に染まっていた頬が、いまやリンゴのように真っ赤になっていた。

「あの、わたくし、そのう……あなたとの、はじめては……お布団の上がいい、です……」

「え、あの、お綱さん……」

「……」

「えっと、それって……」

「いっ、いやです！　こんなお話、はしたない……」

お綱はそう言って身を縮ませてしまう。

だが、それでも平次の腕の中から逃げ出さないあたり――色々とお察しだった。

（とはいえ、お綱さんは誘ってるつもりなんて絶対にないだろうしなぁ）

要するに、彼女は単に甘えているだけなのだ。年の近い兄に甘える妹のような感覚なのだろう。

平次は少女が寄せてくる好意をそう捉えていた。

「そうだな、こんなことをしていたら料理が冷めてしまう」

平次はお綱を支えたまま、膳の上の容器を示す。

「さっき、俺の友人が身体に良いものを調達してきてくれたんだ。お綱さん、君ひとりの身体じゃない。早く治さないとな」

「先ほど、ですか……？」

お綱がきょとんとした顔で言う。

「ですが、本日は朝からずっと雪が降っていると聞いておりますが……まさか、そのなかを？」

平次がうなずくと、お綱の瞳にはじわりと大粒の涙がにじむ。

悪天候のなかでも自分のために働いてくれる人がいるのだと実感し、感激しているのだろう。

「そう、ですよね。早く良くならないと……わたくしだけの問題では、ありませんものね」

姫将軍は目をこしこしとこすり、微笑んだ。平次はそんな彼女に首肯して、食器の蓋を取る。

「わぁ……っ」

もわっと美味しそうな湯気と共に現れた粥。それを見て、お綱は幸せそうな吐息をこぼす。

椀のなかにあるのは、ネギとダイコンの葉とヤリイカの細切れが入った卵粥。そしてその中央には、甘辛いタレと絡めたウナギの蒲焼を細かく刻んだものが盛られていた。

風邪気味で鼻がつまっているお綱でも分かる程の、食欲を誘う香ばしい芳香が放たれている。

「おいしそう、です……！」

ネギは風邪を引いた時に最適な食材であることは言うまでもなく、しかも今が旬なので料理に採用しない手はない。

ダイコンも旬の野菜だが、栄養的にはしばしば無視されがちな葉っぱの部分が大切になる。

というのも、ここには風邪を引いた時に摂取することが推奨されているビタミンCやカリウムがたっぷりと含まれているからだ。

イカには人間の体内環境を正常な状態に修正してくれるタウリンが豊富に含まれていて、今のお綱にとって一番大切な魚介類だと言ってもいい。

ウナギはスタミナを付ける際には最適で、脂味が強いため量を抑える必要はあるものの――甘辛いタレに絡めて少量を配すれば、食欲を増すアクセントになってくれるだろう。

「お綱さん、熱いから気を付けて――」

「あーん」

――食べるんだぞ、と言おうとして言葉が詰まる。

というのも、我が姫将軍は自分で食べるつもりがまるでなさそうだからだ。

お綱はその清楚な唇を開き、ぬらぬらとぬめる口腔をさらけ出している。

その姿はまるで、母鳥の給餌を待つ雛鳥を思わせた。

「……仕方がない」

平次は微苦笑を浮かべながら、匙で卵粥をひとすくい。

米粒ひとつまでとろけるように煮込んだ、重湯に近い粥だった。

味付けはカツオとエビの合わせ出汁で、塩で味を調え、唐辛子を隠し味に刻み入れている。

「ほら、お綱さん」

平次は掬った粥の上に、ちょこんとウナギの細切れを乗せていた。

ほかほかと湯気を立ち昇らせる黄金の粥とウナギの甘辛炒め。

それにふーふーと息を吹きかけて、食べやすいように冷ましていく。

「はい、あーん」

「ん……っ、ふ……」

姫将軍は差し出された匙をぱくりと咥え込み、卵粥を口の中へと収める。そして、

「あぁ……おいしい……」

うっとりと、その美貌を崩すのだった。

◆　◆　◆

平次の懇切丁寧な看護の甲斐もあり、体調を崩したお綱は二三日には復調を果たしていた。

風邪は基本的にウイルス感染であり、現代社会においても、この病気を直接治すことができる薬は存在しないと平次は聞いたことがある。

そう言った意味において、膳医としての職務は適切なのだろう。

風邪や病気を治すには、結局、栄養あるものを食べて休養を取る以外の方法がないのだから。

ちなみに、発病三日目で復調したお綱のことを聞いて、誰よりも驚いていたのが幕閣の御歴々らしい。

お綱は一度でも病気を患うと、最低でも二週間は寝込むのが普通だったからだ。

幕閣の面々もようやく平次の有用性を認めはじめたようだと、正之はこっそりと教えてくれた。

(つまり、それって、俺は幕府上層部にまるで期待されていなかったってことでもあるんだよな)

今の平次は、『期待していなかったが存外に当たりだった新人』でしかないというわけだ。

予想はできていた。江戸城の医食の組織改編と平次の登用が、城を抜け出して死にかけたお綱へ

のガス抜き的対応でしかなかったということくらいは。

(お綱さんを放置して、とんでもないことをされるよりは……って感覚だったんだろう)

平次は確信していた。

幕閣のメンバーのなかで、平次に対してまともに関心を払っていたのは――きっと、正之以外に誰もいなかったに違いない。

「保科様はあくまでも、先の将軍である家光公の御遺言に基づいて上様をお支えして下さっているに過ぎませぬ。その立場の特殊さ故に、幕閣の主流派とは見解が異なるのでしょうな」

江戸城外で吹き荒れる寒波。

そのなかで、「拙者はそう考えており申す」という内藤の声が響いた。

現在の時刻は巳の刻(午前一〇時)頃。

いつもであればお綱の話し相手になっているのだが、今日は珍しいことに、お綱が幕閣の者たちと話し合いをするらしい。

そのため夕餉の準備まで何もすることがなく、内藤に誘われるがまま外出することになったというわけだ。

(何の実権もなく、象徴的な存在でしかないお綱さんが政《まつりごと》をしようって言うんだから、きっと大切な話し合いなんだろうな……)

それにしても、である。回復したばかりのお綱をすぐに引っ張り出すあたり、幕閣の老人たちは本当に容赦がない。

平次がそんな不満をこぼすと、内藤は首肯して応じた。

「幕閣に連なる方々は、たしかに上様が任命された者たちであり申す。そしてその任免も、制度上は上様の御一存で可能ではあるものの……そう簡単に行えるのであれば苦労はない」

「つまり、できないと」

「左様」

内藤は真っ白なもやを盛大に吐き出した。

「現在の幕閣には、幕府の権能を最大限に高める使命感を抱いた、極めて有能な者たちがそろっており申す。彼らはいずれも無類の忠臣……もっとも、いつか貴様に話したように、上様ではなく幕府の忠臣なのだが」

だからこそ、幕府の頂点にいるお綱は彼らを罷免《ひめん》できないというわけだ。

彼らを排《はい》すれば、たちまち幕府は機能不全に陥りかねない。

(でもまぁ、行政官僚が主権者を蔑《ないがし》ろにするっていうのは現代社会でも良くあるもんな……)

そんなことを思う平次に内藤が言った。

「だが、我らはそのなかで務めを忠実に果たし、上様をお支えするしかない。特に貴様はそうであろう？」

「そうなのかもしれませんが……」

「うむ、そうなのだ」

寒さのなか、内藤はうなずく。

「それに、貴様にとっては久々の休暇。気の詰まる話をしても仕方あるまい」

内藤はそう言って、平次を先導して城下町を歩いた。

どうやら今日は、すべての費用を彼持ちで遊びに連れ回してくれるらしい。

「日本橋と言えば、これまでは吉原遊郭の近場だったが……先の大火によって移転しており申す。となれば若衆歌舞伎であるが……」

「内藤様……俺は、その……衆道には興味は……」

ちなみに若衆歌舞伎とは、読んで文字の如く、若い男たちの行う歌舞伎のことである。

江戸初期、日本橋の界隈には若衆歌舞伎の芝居小屋が数多くあった。

そして、その小屋の側には必ず茶屋がある。

理由は他でもない。若衆歌舞伎の役者である少年たちは、男娼も兼ねているからだ。

茶屋の二階は現代で言うところのラブホテルであり、興業が終わった少年たちはそこに連れて行かれてパトロンと性交渉を行うことになった。

美少年や男の娘に熱を上げていたのは女性よりも男性であり、パトロンの比率も後者の方が圧倒的に高い。

そして若衆歌舞伎の少年を寝取った寝取られたという痴話喧嘩《ちわげんか》が頻発しており、武士が刃傷《にんじょう》沙汰に及ぶこともザラだったのである。

「もしや、内藤様も男色を？」

「うむ、武士であるからな」

平次の問い掛けに堂々と応じる内藤。

そう言えば、彼の妻も随分と幼い外見をしていたなと思い出す。

(この鬼取役は、ロリコンでショタコンっていう業の深い男なんじゃないか……?)

とはいえ、それを口に出すことは憚られた。

なにしろ、江戸時代は男色が普通に行われていたからだ。

たとえば、女性との性行為を禁じられている僧侶たちは、十中八九、美少年を囲い込んで愛人にしていたりもする。

大多数の人間は粘膜への渇望《かつぼう》を殺し得なかったし、なにしろ同性に対する恋愛感情を露わにすることは日本人にとっては常識ですらあった。

現代のような『恋愛は男女のみ』という常識が形成されてしまったのは、あくまでも明治維新後の急激な西洋化の影響でしかない。

明治維新は日本を列強に押し上げるために必要な政変ではあったが、それは同時に日本の伝統文化を根絶やしと言っていいほどに駆逐した時期でもあった。

それを思えば、江戸時代初期に生きている内藤が――美少年や男の娘に熱を上げたとしても、なんら感性的におかしいことではないのだろう。

(俺も、近所の年上連中や僧侶とかに誘われたことは何度もあるしなぁ)

そんなことを考えているうちに日本橋へと到着。

江戸の心臓がここである以上、遊びの中心もこの界隈にある。

明暦の大火ですべてが灰塵《かいじん》に帰したとはいえ、日本橋はどこよりも早く復興を遂げつつあった。

（それにしても、どこに連れて行かれるんだろう）

そんな不安を覚えた平次だったが、人込みのなかに見知った顔を見つけ——思わず気を緩めてしまう。

「西山！　おーい、西山っ！」

それはまさしく、年上の友人にして賄吟味役の西山勝太郎だ。

背が高くてルックスも良い彼は、往来のなかでも良く目立つ。

しかし西山の方は平次に気付いていないようで、すたすたと歩いて行ってしまう。

どうやら大規模商店が軒を連ねる駿河町に用があるらしい。

「平次殿、見てみるがいい！」

「え……？　はぁ……」

西山の後姿を目で追っていた平次だったが、不意に大久保に声を掛けられ視線を外した。

いかつい顔をしている旗本だったが、いまやだらしなく頬が崩れている。

彼の指さす先には、いかにも急造といった態の歌舞伎小屋。そして、その入り口で客引きをしている美少年がいた。

「あれが、拙者が推しておる『翔鶴座』の役者でな。お松と言うのだが、これがなかなか良い声で鳴きおるのだ」

「良い声で、鳴く……？」

何やら危険な香りがしないでもない。

今すぐ引き返したかったが、内藤はそれを許してくれなかった。

(西山は、もういないのか……)

ずるずると衆道歌舞伎小屋へ引きずられながら、大通りを見回す。

友人が働いているのに自分が遊んでいるのを考えると、なかなか申し訳ない気持ちになってしまう平次だった。


内藤に案内された若衆歌舞伎は、公演の内容そのものは何も問題がなかった。

むしろ、非常に楽しく観劇できたと言ってもいいだろう。

江戸時代に転生して以来、父親の手伝いや剣の稽古などで忙殺の日々を過ごしていたこともあり、娯楽らしい娯楽に興じることができずにいたのも大きかったのかもしれない。

内藤のようなコアなファンにはなれないだろうが、公演だけならまた来ても良いかもしれないなと思っている。

「――まぁ、若衆歌舞伎は奉行所から公演禁止の沙汰が下っておるのだがな」

「は!?」

「慶安五年(一六五二年)の頃だったが……何だ、知らぬと申すか」

だが、興業の後で告げられた事実は衝撃的なものだった。

どうやら風紀を乱すものとして、江戸では営業禁止処分が下されているらしい。

（要するに俺は、幕府の禁止する場所に、譜代の旗本に連れて行かれたってことなのか）

本船町の北にある瀬戸物町の茶屋で、平次は内藤を前にあんぐりと口を開けている。

現代なら、おそらく不祥事としてマスコミに大々的に報じられてしまうことだろう。

（でもまぁ、江戸時代だし……なんだかんだでいい加減だからなぁ）

営業禁止の沙汰が七年前に布告されているにもかかわらず、日本橋という江戸城下の中核地域で若衆歌舞伎が営業を続けているということ。

その背景には江戸住民の圧倒的な支持と、その圧力を前に易々《やすやす》と強硬手段を取れない行政権力のパワーバランスがあった。

「それにしても平次殿、貴様はなかなか美味い汁粉を出す店を知っておるのだな」

自分が法に触れていることをまるで意識していない内藤は、ほかほかと湯気の立ち昇る汁粉を食べながら言った。平次は苦笑するしかない。

「ええ、実はこの店の店主一家とは知り合いなんです」

「ほう」

内藤は餅をうにょーんと引き延ばしながら唸る。

「医師と患者の関係ということか？」

「ええ、色々とあったんです」

平次は続けた。

「実は、ここの店主が以前持っていた店の話なんですが」

「以前と言うことは、その店は火事で焼けたということか」

「そうです。まぁその時は立派な店で、二階もあったんですが……そこで逢引をしていた男女が、痴話喧嘩から暴力沙汰を起こしまして」

「ほう」

「やられたのは男でしたね。何しろ江戸の女は強い。彼女が水汲みを生業《なりわい》にしていたってこともあるんですが、その腕っぷしで……男の金玉をこう、ぎゅっと握り潰しまして」

「……」

ぶるり、と内藤は身を震わせた。武人とはいえ、内容的に仕方ないだろう。

もしかすると、彼もそれに類する経験があるのかもしれない。

「俺は本道医（内科医）なんですが、往診の帰り際に偶然……外科医をさがしていたこの店の娘さんに捕まってしまいまして」

平次はそう言って、店の奥に手を振った。

今年で一六歳になる小奇麗な看板娘――小町がそれに気付き、顔を真っ赤に染める。

かと思うとお盆で顔を隠し、ぺこりとお辞儀をすると急いで厨房へと引っ込んでしまった。

「なるほど、それでここの店主を知ったのだな」

「ええ、そういうことです。迷惑料ということでご馳走になりまして」

汁粉のなかにごろごろと転がっている団子。それを匙で掬い上げながら平次は言った。

「ここの店主が作る団子は、四面に焼きが入れてあるんです。だから、汁粉のなかに入れてもすぐにふやけないし、どろどろに溶け出さない。団子自体にも弾力があるから、香ばしさも加わって非常に美味しいんです」

「うぅむ、たしかに普通の店で出される団子は表と裏しか焼かぬ。側面まで焼くのは、たしかに珍しいかもしれぬ」

内藤が美味しそうに汁粉を食べているのを見て、平次は熱々のお茶を飲んだ。

決して濃くはないが、身体がぽかぽかと温まってくる。

(お綱さんの食事は朝夕の二回だけだけど、これからは副食の扱いでお菓子を作るのもいいかもしれないな……)

そんなことを考えながらお茶を飲んでいると、遠目に西山の姿がまた見えた。

瀬戸物町の通り向こうは駿河町。彼は裏店に続く細道、現代人的な感覚で言えば裏路地から顔を出すと、周囲を警戒しながら大通りへと戻っていく。

(生真面目な人だし、泥棒みたいな真似をするはずがないからなぁ。商談でもしてきたんだろう)

そんなことを思いながら西山に声を掛けようとすると、小町が『おっ、おきゃわりはいかがでしょうかっ!』とお団子の皿を差し出してきた。

にやにやと笑みを浮かべている内藤の視線を気にしつつ、平次は看板娘に応対する。

そうしているうちに、西山の姿はいつしか消えてなくなってしまっていた。

◆　◆　◆

その後、平次は何事もなく江戸城へ帰還している。

内藤は家に帰って支度を整えるというので、城門前で一度別れていた。

今の時刻は申の刻（午後四時）。

いつものように調理をはじめた平次だったが、やがて一時間ほど経った頃――御膳所の戸を叩く音が聞こえたので応対することにした。

「平次、君か。すまない、聞きたいことがある」

「西山、どうしたんだ……こんな頃合いに」

先ほどまで城下町にいたけれど、用事は済んだのか？　そう訊きかけて、平次はそのまま言葉を呑み込んだ。西山の顔には鬼気迫るものがあり、深く詮索することがためらわれたのだ。

「鬼取役の内藤様は、どちらにいらっしゃる？」

「それはよく分からない」

平次は微かに首を振りながら応じた。

「一度、ご自宅に戻られたからなぁ。城外にいるのか、それとも城内にいるのかも……把握できていないんだ」

「くそっ、そうか……！」

西山はその端正なマスクをしかめる。ずっと走り続けてきたからなのだろうか。

この寒さにもかかわらず、大汗をかいているのが気にかかった。

「では、保科様は？　まだ城内においでか」

「いるはずだ。だけど、今はおそらく上様や幕閣の方々と協議をしているはずで……」

「そうか、なるほど……分かったっ！」

途端、身を翻す西山。普段の友人らしからぬ態度に、平次は慌てて声をかけた。

「ちょっと待ってくれ、そんなにも急ぎの用件なのか？　俺から何か伝えておこうか？」

「……お前を巻き込むわけにはいかない」

御免、そう言うと西山は御膳所を飛び出していってしまう。

平次も慌てて追いかけるが、西山の背中は既に遠くにあった。

(なんだか胸騒ぎがするな……)

あそこまで西山が慌てるなど、尋常《じんじょう》な事ではなかった。

あの青年との付き合いも長く、仕事が終われば彼の家に出向いてふたりで酒を酌《く》み交わしたりすることも多かった。

彼には妹がひとりいたが、平次と西山が出会う二ヵ月前に嫁いでしまったらしい。

『この広い家にひとりというのもなかなか寂しいものでな』

西山はそう言って笑ったものだ。彼は明暦の大火で両親を喪っており、妹を早々に嫁に出したのは『好いた相手が生きているうちに』というのがその理由らしかった。

『じゃあ、西山。君はどうなんだ？』

平次は一度だけそう尋ねたことがあったが、彼は寂しげに首を振るだけだった。

それは言葉よりも雄弁だった。おそらく西山は、婚約者を火災で喪っているのだろう。以来、平次は女性絡みの話題を避けてきた。お綱との関係も話さなかった。彼の心を傷つけてはならないと思ったからだ。西山が自分から過去のことを話してくれた時に、はじめてこちらもその話題を出そうと決めていたのだ。

(何も起きなければいいが……)

とはいえ、西山も立派な御家人である。彼が身分相応の責任を負っているように、平次もまた、己の職責を果たさなければならない。

今日の仕事が終わったら、西山の家に行こうと平次は思った。そしてついでに、一体どんな用事で駿河町に出向いたのかを聞こうと決めた。

あんな形相で話しかけられたのだ。『巻き込むわけにはいかない』と言われたところで、こちらも理由を聞かねば気持ち好く寝付くことができそうにない。

かくして、いつものように侍女たちが食事の時間を伝えに来て、食膳の運搬を手伝ってくれる。

(今日はタイのつみれ汁に、ブリとダイコンとネギの煮物。それに片栗粉と卵を衣にしたカキフライを作ってみたから……喜んでくれるといいんだけど)

そんなことを思いながらお綱の部屋へと向かう。

今日もまた、いつものように夕食がはじまるのだろうと平次は思っていた。

だがしかし、今日はイベント尽くしらしい。

なんということだろう。お綱と正之が正装し、平次を待ち構えていたのだ。城外で別れた内藤も、しっかりと身なりを整えていた。

(それにしても、お綱さん……なんて、綺麗な……)

お綱の服装は、俗に言われるところの十二単《じゅうにひとえ》。着物の柄は紅白を基調としており、金の葵紋が刺繍された黒の懸帯《かけおび》を重ねている。

それ以外にも、平額《ひらびたい》や釵子《さいし》や櫛などの礼装用の髪飾りが煌びやかだ。

非常に派手で非日常な装いだが、違和感はなかった。

なにしろ元々からして天女のような女性である。

豪華な衣装を着ても、それに打ち負けないだけの美貌を誇っているのだ。

「これ、そのように挙動不審な態度を取るものではないぞ」

動揺している平次を見かね、正之が苦笑した。

「そう所在なくされると威厳に関わる。これよりは堂々としてもらわねば困るぞ」

正之がゆっくりとそう告げた。

「え……?」

そして会津中将の言葉を聞いた途端、平次は自分がいつの間にか――後戻りできない場所に立たされていることを悟る。

将軍お抱えの膳医。その職能は、高禄旗本に準じる身分である御典医と、御家人が務める御膳所付料理人の立場を兼ねるものだ。

これを半年間、特に問題を起こすことなく勤め上げ、お綱が風邪を引いても短期間で復調させるという結果を平次は出している。

要するにそれは、本来は大勢の人間で為すべきことを——たったひとりで問題なくこなしていることを意味した。

幕閣の老人たちがそんな平次の有用性を認識した瞬間、逃げ道はたちまち塞がれてしまう。

体制の安定化と長期発展を目指す彼らが、平次を抱え込もうとするのは当然の流れだからだ。

「例外状況ではあるが、これからおぬしには、直参旗本として新たに家を興してもらいたい」

正之は有無を言わせぬ調子で言った。

「それに伴い、『膳医』から『御膳医』へと役職を改める。これからは上様の側近くに常駐して貰うことになるだろう」

「で、ですが……それは……」

平次は思わず言い淀んだ。

自分がこれからどうなるのか、その先行きがまるで不透明になってきた感があった。

そもそもからして、お綱が将軍の座を引くまで彼女に仕え、その後にレストランを開く段取りだったのだ。

なのに、武士である旗本となれば、その夢を叶えることも困難になるのではないか。そんな不安が心中で渦巻きはじめている。

「仕方がないのだ、平次よ」

正之は諭すように言った。

「幕閣の者共が煩《うるさ》くてな。上様のお傍にいる者が無位無官の輩《やから》、しかも武士でもないというのはどういうことかと今さら騒ぎはじめたのよ」

「体面が悪い、ということでしょうか」

「分かっておるではないか」

会津中将の顔には疲労の色が濃い。

おそらく、平次の処遇を巡って相当やりあったのだろう。

「とはいえ、旗本の身分でおるのは上様の側にいる時だけで構わぬ。おぬしが料理茶屋を開きたいと願うのであれば、その時に地位を返上すれば良いだけのこと」

「つまりは」

「御膳医として上様の側仕えをするための、便宜的な措置だと考えよ」

その言葉を聞いて、平次はほっと胸をなでおろす。

武士は商いをすることができないので、この点だけが気がかりだったが——立場を返上できるというのなら問題はないだろう。

過剰に構え過ぎていたのかもしれないと思ったが、もしかすると、正之が平次の夢への道筋を守ろうとして尽力してくれたが故の沙汰なのかもしれない。

「ならば、お受けさせて頂きます」

平次は平伏しながら言った。いずれにせよ、選択肢などはじめからなかった。

将軍親臨のもとで行われた幕閣の決議に反すれば、すなわち逆臣となることを意味するし、処断されなくても城を退出させられることになるだろう。

だが、平次はそれを望まない。お綱の側から離れることができなくなっていたのだ。

自分の作った料理を美味しそうに食べてくれて、なついてくれて、全面的に信頼してくれている人間の側から——望んで離れたがる者など、まずいないだろう。

「まず、良かった。もっとも、断られるとは思っていなかったがな」

正之は苦笑しながら続ける。

「ちなみにだ。おぬしの御膳医任官にあわせ、これまでの勤務形態も改めてもらうことになる」

「勤務形態、ですか？」

「そうだ」

会津中将はうなずいた。

「これまでのおぬしは、城下の自宅から城まで出向いてもらっていたな。具体的には、このやり方を改めてもらうことになる」

「えっ？」

思わず間抜けな声を発した平次に、正之は失笑する。

「言ったであろう、常駐して貰うのだと。おぬしには上様の行く場所来る場所、そのすべてに付き従ってもらうことになる。つまりはこれから、この江戸城がお前の住処となるのだ」

「江戸に、住み込めということですか？」

「左様」

正之は深く息を吐き出してから言う。

「おぬしは剣の達人と聞いておる。いざとなれば、上様をお守りする最後の楯《たて》ともなる。衣食住ならぬ医食守、これをおぬしが担うことを幕閣の老人は期待しておる」

なんだそれは、あまりにも負担が重すぎはしないか。平次は思わず抗議の声を上げた。

「無礼を承知で申し上げますが、あまりにも役目が重すぎはしませんでしょうか」

「そうだな、儂もそう思っておる」

正之は疲労の色が濃い吐息をもらした。

「交代要員もなく、ずっと上様に付き従えというのは狂気の沙汰としか思えんだろう。だがな、これはおぬしと上様が共にいることを正当化するための措置でもある。それを理解して貰いたいものだがな」

「……えっ？」

「気付いておらぬと思っておったのか、たわけめ」

会津中将が呆れた目を見せ、お綱はその美貌をそっと伏せる。

「ひとりではなく複数の、それも数十人単位の侍女たちから聞いておるぞ。おぬしと上様が、事あるごとに、必要以上に身を寄せ合い触れ合っているということをな」

「あ……っ」

「人払いをしておるからと言って、油断しておったな」

正之は教え諭すように言う。

「声というものは存外に響くものぞ。それに、『壁に耳あり障子に目あり』と言うであろうが。おぬしと上様の仲睦まじさを知らぬ侍女は、もはや江戸城におらぬと思え」

もはや平次はうなだれるしかない。

だがその上で、ある疑念が浮かんできた。根本的な疑問でもあった。

「保科様、お聞きしたいことが」

「なんだ」

「どうして、俺をお斬りなさらないのですか？」

平次は真面目な顔で訊いた。

「その、俺のことを『不届き者を誅した』と処断してしまった方が……幕府としては体面が保てると思うのですが……」

「この、たわけめ……本気でそれを言っておるのかッ」

内藤の盛大なため息が聞こえてくる。

それをBGMに、会津中将はくわっと目を見開いて、片膝を立てて一喝した。

「おぬしを斬れば、一体どうなると思うてか！　上様が後を追いかねんわッ!!　事態はそこまで進んでおるのだ、もはや後戻りなどできるはずがあるまいッ!!」

おそらく、事前にお綱への事情聴取が行われていたのだろう。

達観と諦観が混ざり合った老人の叱責が、ガンガンと中奥に響き渡る。

（ああ、そういうことか……）

そして平次は理解する。正之が疲れた顔をしているのは、幕閣の面々とやりあったという以上に——平次とお綱の関係にどう対応したものかと、心底悩んでいるからなのだと。

(ああ、なんだかもう、色んな意味で逃げ出せなくなってるんだな……)

かつて平次を縛っていた、本舩町とのしがらみ。

それと似たような状況が、平次の周りを取り巻きはじめているのが分かった。

(でも、不快じゃないんだよな……)

自分も好意を抱いている絶世の美女が相手ともなれば、嫌な気持ちになるはずもない。

「これからは、よく己の立ち振る舞いを自覚することだな。仮に子ができるような事態があれば、もはや儂とておぬしを守ることはできんぞ」

正之はこれみよがしな吐息を盛大に漏らしながら言った。

## 第一二幕　江戸城内／殺人事件の発生

人生においては何が起こるか分からない。

江戸時代に転生したと思ったら、今度は徳川幕府の直参旗本への転身である。

知行地は伊豆で、扶持は三〇〇石。そこに料理人の禄である米五〇俵に一〇両、医師としての役料が一万石も追加された。

あくまでも役料なので正確には異なるが、一般的に一万石というものは、大名と呼ばれるか否かのボーダーラインでもある。

大衆食堂を開くための資産としては、もう十分過ぎるほどの財を得たことになるだろう。

（しかし、まさかこんなことになるなんて……まるで想像もしなかったな）

風呂や厠といった特殊な状況を除き、平次は常にお綱の側にいなければならなくなってしまった。

唯一離れる機会があるとすれば食事の支度の時なのだが、御膳所までお綱がひっついてくることもよくあるため、ひとりになれる時間は必ずしも確保されていない。

（プライバシーも何もない状態だけど、考えてみたら、これまでと実はそんなに変わらないんだよな……）

ずっと傍にいなければならないという決まりも、これまで平然と行ってきたことが規則化されただけな気がしないでもない。

ただし、これまでと明白に違うこともあった。

それが、夜もお綱と共に過ごさなければならなくなった——ということだろう。

これが大きな変化であり、そして問題でもあった。

平次は料理人として、お綱の体質改善を期して強壮効果のある食材をしばしば用いている。

そして同じものを口にすることもあって、自身の精力も高められていた。

ひとりの時間があれば上手く発散できるものの、お綱と四六時中いっしょに過ごすとなれば、それも困難となる。

暴発、暴走のリスクが——常に隣り合わせになってしまったのだ。

(本当に、どうしたものか……)

美人は三日で飽きると言われる。

だがそれは嘘だ、絶対にあり得ない。少なくとも平次はそう確信していた。

男女問わず美人の側にいたら、それだけで嬉しいし明るくなれる気がする。

慣れて飽きる程度であれば、所詮その相手は本当の意味で美人ではなかったというだけの話なのだろう。

事実、平次はここまでお綱に飽きを感じたことはない。

なにしろ彼女は、事あるごとにお礼を言ってくれるのだ。隣にいてくれて嬉しいだとか、美味しいご飯をいつもありがとうございますだとか、そういった細かな事でさえも。

そんな相手を悪く思うはずがない。

美人とは外見だけでなく、心も含めた者のことを指す。

お綱との触れ合いは、その当然の事実を——絶えず思い返させてくれた。

(いや、本当にどうなるんだろう。俺たちの行方は……)

敢えて言うまでもないが、ふたりの関係は生殖行為が介在していないとてもピュアなものだ。

とはいえ、平次も健全な男である。そしてお綱も、立派な女性なのだ。

これから確実に変っていくであろうふたりの間柄に、平次は思い悩んでいる。

(いつまでも続く関係じゃないだろうしなぁ……)

御膳医の役目を拝命し、お綱の側にいなければならなくなった平次は——大奥で彼女と枕を並べていた。

ここは本来なら男子禁制の場であり、将軍の『妻たち』がいる場所だ。

されど、お綱には配偶者がいない。

従って大奥はほとんど無人であり、少女は平次との寝起きの場所をここに定めたのだった。

「すぅ、すぅ……」

そして彼女は枕を並べた平次の手を握り締めながら、穏やかな寝息を立てている。

平次は寝れなかった。寝れるはずがなかった。

これが据え膳というものではないのか、という思いが込み上げてくる。

据え膳食わぬは男の恥。しかし据え膳を喰えば子供が生まれてきかねないし、それは絶対にしてはならないことだろう。

（第一、そんなことをしたらお綱さんを傷付けることになる……）

布団と枕を並べ、手を繋いで寝るだけで満足している純真な少女なのだ。

野獣の牙を剝き出しにして姦淫に及べば、無垢な彼女は強いショックを受けるに違いない。

「どうしろって言うんだ……」

平次の声は、お綱の寝息と共に——真っ暗な大奥の天井に吸い込まれていくばかりだ。

◆ ◆ ◆

無限とも思える時間が経ち、江戸城で飼育されている鶏の鳴き声が聞こえてきた。

男の手を握り締めていたお綱が、ゆっくりとその目を開く。

平次が将軍の目覚めを告げると、侍女たちがわらわらと入室してきた。

これからお綱は、女性特有の手間暇の掛かる身支度を整えなければならない。

その現場に居合わせるわけにもいかず、平次は侍女たちと入れ替わるかたちで御膳所に向かうことになった。

（それにしても、このことを西山になんて伝えればいいんだろう……）

もしかすると呆れられてしまうかもしれない。

あるいは、将軍にまとわりつく佞臣《ねいしん》だと思われてしまうかもしれなかった。

西山は幕府のことについては非常に厳格で、正義感が強い。

平次はそのことをよく知っている。

（だけど、もし仮に紆余曲折《うよきょくせつ》を経ることになっても……最後はきっと認めてくれるんだろうな）

西山勝太郎という友人は、そういう男なのだ。

「それに昨日、内藤様のことを探してたしな……」

御膳所の戸を開けて、前掛けを占めながら平次はひとりごちた。

「理由は聞けないにせよ、会えたかどうかは訊いた方がいいだろうし」

そんなことを思いながら、平次は料理の下準備をはじめる。

庖丁を研ぎ、調味料のストックを確認していく。

しかし同時に、頭の片隅には西山のことばかりが浮かんでいた。

（そういえば、お綱さんの側仕えをするってことは、西山とも遊べなくなるってことだよな……）

それは困った。西山と酌み交わす酒は、ストレス発散にはもってこいなのに。

御膳所の戸が叩かれた。はい、どうぞと平次は応じた。

すると、顔を蒼白にした侍女が崩れ落ちるように御膳所のなかへ入ってくる。

「どうしました？」

平次は尋ねた。

「上様からの伝言ですか？　あるいは保科様からの」

「違いますっ」

侍女から放たれたのは金切り声だった。

様子がおかしいことに気付いた平次は、語勢を和らげて尋ねる。

「一体どうしましたか？　上様でも保科様からでもないとなれば……」

「ひっ、人殺しですっ！　御膳医様っ、人殺しでございますッ‼」

「な、なんだって」

一瞬、侍女の発した言葉を理解することができなかった。

というよりも、信じられないという思いが言葉の衝撃を上回っている。

ここは江戸城である。日本における統治機構の総本山であり、中枢だった。

そんな場所で人殺し——殺人事件など起こっていいはずがなかった。

「事故ではないのか？」

だからこそ、平次の口から出た声は疑念だった。

しかし、現状を否認しようとする精神的な抵抗は長く続かない。

「失礼致します！」

そう言って侍女に手を引かれ、平次は御膳所の外へと連れ出されることになる。

こうなれば、もう、従うほかになかった。

信じがたいことだが、死人が出たとなれば現場検証もあるだろう。

医師としての知見から、殺害方法や死因を特定するように乞われるかもしれない。

(できれば食事の前にそんなことはしたくなかったんだが……)

事態が事態である。城内にいる医者として、どのみち呼び出されることになるだろう。

後で内藤を通じて、二ノ丸か西ノ丸の御膳所から、お綱の食事を融通してもらう他になさそうだった。


江戸城本丸の傍にあるお濠のひとつ、蓮池濠。そこは早朝にも拘わらず騒然としていた。

見回り中の番人によって発見された死体は既に引き上げられて、筵《むしろ》の上に寝かされている。

死体は水を含んで膨れ上がっていたが、それでも江戸城内の御家人のネットワークは凄まじいものがある。あっという間に、物言わぬ死体が西山勝太郎だと特定されていた。

城に届け出ている脇差の種類と、死体の有しているそれが合致したためだ。

蓮池濠の側に到着した途端、死者の身元の知らせを受けた平次は——すべてをかなぐり捨てて屍体へと駆け寄った。

現場には老中直轄の治安維持部隊である組頭から同心までもがやってきており、凄まじい剣幕ですっとんできた平次を制止する。

だが平次は彼らを突き飛ばした。突き飛ばされた男たちは実力行使に出ようとしたが、

「その御方は上様の御膳医、直参旗本の平次殿であるぞ！」

たちまち響いたその言葉に動きを止める。遺骸のすぐ傍にいた内藤の発した声だった。

「は、ははっ！」

「大変失礼いたしました！」

彼らは二度と平次の行動を阻害しようとしなかった。

取るに足らない御家人が、政治力の高い――少なくともそう見做されている――旗本に立てつけば、彼らのこれからの人生に響くことが明白だったからである。

あるいは、身体を張って止める価値がなかったのかもしれない。

彼らにとっても江戸城内で同輩の死体が見つかったことは、心揺さぶる大問題だ。しかしあくまでも、御家人のひとりが死んだという以上のものではなかったのである。

「平次殿」

内藤は沈痛な面持ちで呼びかけてきた。

彼は平次と西山が親しい仲であることを知っている。

「先ほどまで、仏を引き上げた者たちと話し合っていたが、これは溺死ではない。明白な殺人だ」

「殺人……」

たしかに侍女も『人殺し』だと言っていた。平次は改めて、魂の抜けた西山の肉体を見つめる。

その顔には苦悶の表情と、強い悔恨を湛えていた。

それを見て、平次は己の友が長い時間を苦しんだのだと理解した。

彼の衣服は胸から腹にかけて大きく切り裂かれており、肉の下にある骨までもが露わになっている。

「刃物で切られ、蓮池濠に突き落とされたのだろう」

内藤はそう言った。平次は半ば放心状態で聞いていた。

口からは何の言葉も出てこない。手の平に爪がめり込み裂けるほど、拳を固く握り締める。

実感があるようでいてない、そんな不思議な感覚があった。

これはきっと、何かの冗談なのだろうという思考がよぎる。

いずれ本物の西山がひょっこりと現れて、この騒ぎが仕込みであることを明かすのだろうとさえ思えた。

だが、不意に頭を殴られたような衝撃が走った。

虚空を見つめている西山の目を見てしまったせいだ。

そこには生気も何もない。だが、生への渇望と未練だけがありありと浮かび上がっている。

――西山は死んだ、もういないのだ。

それを自覚した瞬間、腹の奥から胸にかけてを、ギュッと握り潰されたような感覚が走る。

目頭がジンと熱くなり、口から慟哭《どうこく》が迸った。制御不能な感情の発露だった。

内藤が背中を擦ってくれているのが分かる。蓮池濠にいる誰もが、平次を見ていた。それを肌で痛いほどに感じている。

やがて、男たちの視線の槍が平次の肌を刺すことをやめた。そして一気に、現場が静かになったのを感じる。

顔を上げれば、正之をはじめとした幕閣の老人たちがそろい踏みで現場入りしたのが見える。

報告を受け、直接検めに来たのだろう。

「……平次か」

正之が眉をひそめながら言った。

そして幕僚たちを置いて一目散に遺骸の側に駆け寄ると、彼はやや間をおいて唸り声を上げる。

「なにかの間違いかと思ったが……やはりあの時の、賄吟味役の青年か」

会津中将はそう言って、遺骸に手を合わせた。

それから周囲の者たちに問いかける。

「大久保殿は、大久保内膳はどこか」

「いま、こちらに向かっていると」

「急がせよ」

正之は的確に現場を掌握し、矢継ぎ早に指示を飛ばしていく。

江戸城内での殺人事件ともなれば、情報が漏れ出れば幕府の威信にも関わる。

ただちに緘口令《かんこうれい》が敷かれ、各方面へ通達された。

「最初にこの仏を発見した者は誰だ」

「拙者でございます。今朝の見回りをしている際、お濠に視線を転じたところ……仏様が」

「うむ、斬殺されたようだが……濠の近くに血痕《けっこん》は見つかったか？」

「いえ、確認できておりません。見廻役の者たちがしらみつぶしに探しておりますが……」

「そうか……」

第一発見者が正之に事情を説明しているが、口ぶりからして理解できる。

犯人はこいつではない、別にいるのだ――と。

やがて現場に新たな一団の声が響いた。彼らは一直線に正之の側へと駆け寄ってくる。

「遅参いたしました、大久保内膳でございます」

「内膳、待っておったぞ」

正之の声に、大久保は困惑したように言った。

「はっ。して、この騒ぎは一体……なんと!?」

のっしのっしと脂肪を揺すりながら近付いてきた大久保だったが、やがて筵の上に寝かされた死体を見て驚愕の声を上げた。

「これは、勝太郎……！　西山勝太郎では……!?」

「うむ、そうだ……おぬしの部下であったな」

「そ、そんな……かっ、勝太郎……なぜだ、おぉ、勝太郎……!!」

激しい動揺を声と態度で露わにしながら、賄頭はドスンと両膝をついてへたり込んでしまう。

正之はそれを痛ましげに見つめてから、周囲へ呼びかけた。

「昨日、この仏と会った者は……誰かおらぬか」

「……俺です」

平次がゆっくりと声を上げると、正之が視線を向けてくる。

大久保や内藤含め、周囲の誰もが見つめてきているのが分かった。

「西山が俺のところを尋ねてきたのは、上様の夕餉の膳を準備している時でした。なにやら相当慌てている様子で、内藤様を探していました。あるいは、保科様を」

「儂らをか……？」

内藤の視線の強まり、そして正之の訝しそうな声を受けながら、平次はうなずいた。

「はい。本当であれば昨晩のうちにお話すべきでしたが……しかし、失念しておりまして……」

「昨晩か。おぬしにとっては、それどころではなかったであろうしな」

正之はフームとうなり声を上げる。

「いずれにせよ、明確な殺意を持った者による犯行である筋が高そうだな。内藤殿と儂を指定したとなれば、上様の膳に関わることであろうか……」

そこで会津中将は口を切り、賄頭に問い掛けた。

「大久保殿、何か聞いてはおらぬのか？」

「いいえ、この内膳は何も聞いてはおりません」

「左様か」

新しい情報を得られずため息をついた正之。その彼に対し、内藤が言った。

「しかし、分かっていることがあり申す」

鬼取役は水死体に躊躇なく手を伸ばし、悔恨に歪んでいる西山の目蓋を閉じさせた。

そして再度伏し拝んでから言葉を続ける。

「この若者を殺した相手は、しくじったのでしょうな」

内藤はゆっくり言った。

喋りながら、自分の発言に穴がないかを冷静に確認しているかのようだ。

「城のなかで人を殺せば、大騒動になり申す。本来であれば、是が非でも屍体を回収せねばならなかったはず。西山はそれを見越し、自ら濠に身を投げたのやもしれぬ」

「いや、最初から勝太郎の屍体を衆目に曝そうとした可能性もありますな」

大久保が悲しみの色を湛えながら、甲高い声で言った。

「この内膳は、可能性をふたつ考えますぞ。ひとつは、勝太郎の仲間を意識している場合。つまり、何かを企んでいた勝太郎とその仲間に対し、勝太郎を害することで『これ以上の企てを止めるように』と警告を送ったのかもしれませぬ」

そしてもうひとつの可能性は、と賄頭は続ける。

「まさしく、江戸城で醜聞を起こすことで権威を失墜させようとしている場合。これは言わずもがな、幕府を良く思わぬ豊臣家の残党の仕業でございましょう」

その言葉を聞いて、平次は首を振った。

「いや、それは……ないはずです」

涙の浮かぶ目尻を手の甲で拭い、怒りと悲しみで目を充血させながら言う。

「西山が俺のところにやってきた時、聞いたんです。どうして、内藤様や保科様を探しているのかと」

「……」

「でも、彼は言いませんでした。俺に対して迷惑を掛けることを嫌がったんです」

皆の視線を感じながら、平次ははっきりと断言した。

「西山はそんな気性の人だ。仲間を巻き込むくらいなら、自分ひとりでやる。徒党を組んで何かを企めるような器用な人じゃない。だから、大久保様が仰った最初の可能性はないと考えます」

「む……」

大久保の苦み走った顔を見ながら、平次は続けた。

「そして、ふたつめの可能性も線としては薄いんじゃないでしょうか」

「それについては拙者も同感である」

内藤は腕を組みながら言った。

「こんなことを申せば、各々方の怒りを買うであろう。だが敢えて指摘すれば、なぜ、この青年が殺されなければならなかったのかを考えねばならぬ」

「……」

「この者は賄吟味役、目立たぬ地味な役目を負った若者でしかない。江戸の醜聞を掻き立てるためであるならば、その権威を損ねるためならば、せめて中堅どころの者を害さねば……ちと話題性に掛けましょうぞ」

それに、と内藤は続けた。

「仏殿は何かを知っていたが故に殺された、と見るのが筋であろう。ならば、幕府の名を汚そうという発想は、加害者側にありますまい。あったとしても、副次的なものでしかないと見るが」

「いずれにせよ、だ」

正之は眼光を光らせながら言葉を紡ぐ。

「此度のことは決して口外してはならぬ。そして気付いたことがあり次第、即座に幕閣の者へ知らせること……以上だ」

何か事件の証拠を持っていないか検められた後、西山の遺骸は戸板に乗せられて運ばれていく。

その姿を見ながら、平次はギリッと奥歯を噛み締めた。

「絶対に、絶対に許すものか……！　絶対に敵《かたき》は取ってやる……！」

平次の双眼は、これ以上ない程に復讐《ふくしゅう》心と敵愾《てきがい》心に染まり切っていた。

◆◆◆

西山の死体が去り、蓮池濠に集まった人々に解散が命じられてから――平次は御膳所にひとりで籠っている。

朝食を作る気力はなかった。素直に内藤へその旨を話し、二ノ丸か西ノ丸に配置されている料理人に一膳を余分に作らせて、それをお綱に供するように依頼した。

将軍に仕える者としては、失格以外の何者でもない。

だが、内藤はそれを容認した。その心配りが嬉しかった。

へっついに点した火を眺めながら、「お綱さんには怒られるだろうな」とぼんやり思う。

何しろ、職務を放り投げてしまっているのだ。彼女から寄せられている信頼が損なわれても致し方がない。

「一体どうして、こんなことに……」

ゆらゆらと揺れる焔《ほむら》を見つつ、平次はガリガリと自分の頭を掻きむしっていた。

城下町で彼の姿を見かけた時、あのタイミングで声を掛けていれば彼を救うことができたのだろうか？　考えてもどうしようもないことだったが、しかし平次の精神状態がそれを許さない。

脳裏には西山との記憶が、まるで走馬灯のように駆け抜けていく。

そのシーンひとつひとつを思い出すたびに、平次は自責の念と共に頭皮に爪を立てた。

ぬるりとした感覚が指先に走る。だがそれに構わず平次は自傷じみた行為を続けた。

「俺は、救えたはずの友を見殺しにしたんじゃないか……？」

自分が狂気に包まれていることは自覚している。だが、どうすればいいのか分からなかった。

西山が死なない可能性があり、その分岐点となったのが自分の行動だったのではないかと思い悩むほどに、まともな神経がゴリゴリとそぎ落とされていく感じがしていた。

「平次様っ！」

お綱が単身で御膳所にやってきたのは、まさしくその状況下だった。彼女の容貌には、江戸城に突如として現れた殺人鬼への恐怖が刻印されている。

だがしかし、『未知の恐怖を前に本丸に立てこもる』という手段を選ばなかった覚悟もまた――その整った貌に濃く表れていた。

「平次様、何をされているのですか!?」

少女は慌てて男の自傷行為を止めにかかる。

頭を掻きむしる男を抱きしめて、必死に「大丈夫です」と呼び掛けていた。

お綱にとって平次は何よりも優先すべき対象であり、今こそ支えなければならないと――使命感にも似た情動を抱いている。


江戸城で殺人事件が起こったという知らせを受けた直後、お綱が取った行動は自己防衛だった。

大奥に閉じこもり、彼の残り香が漂う布団を被って震えることしかできなかったのだ。

その時はまだ、妄信していたと言っても良いかもしれない。平次はすぐに戻ってきて、自分のことを守ってくれるのだと。

されど代わってもたらされたのは、少なくとも、お綱にとっては想定外の報告だった。

平次が心をひどく痛めており、今日の御膳医としての職務を猶予《ゆうよ》して欲しい――という言伝だったのだから。

それを聞いた途端、お綱は布団から飛び出ていた。

そして侍女の制止も振り払い、御膳所へ向かって駆けていたのだ。

将軍としてではなく、幕府のお飾りの人形としてでもなく、ただひとりの人間として。

「平次様、どうかお気を鎮めて下さい」

男を抱きしめながら、意を決したお綱は語り掛けた。

「平次様が苦しまれる必要はありません。すべては人を殺めた者が悪いのです」

そう言いながら、少女は強い焦燥《しょうそう》感に襲われている。

平次がまるで行動を改めないからだった。

彼の発する欝々とした気配は強まり、自暴自棄になっている様子すら見て取れる。

（どうすればよいのでしょう……）

今回、被害に遭ったのが平次の友であるという話は聞いていた。

それ故に、彼が深く傷ついているという話も聞いていた。

そして平次を抱きしめてみて、この男が浅い同情を求めていないことも痛感させられている。

どうすればいいのでしょう――とお綱は自問した。

簡単な事だ。平次の心を救い、そこまで至らずとも、和らげてあげなくてはならない。

（だって、他ならぬわたくしが……平次様に心を救って頂いたのですから……）

彼から受けた恩を返す、これ以上ない機会だと思ったのだ。

「平次様、少しお待ち下さいね」

お綱はそう言って、男から身を離した。

へっついに火が熾《お》きていることを確認し、次いで調理台に食材があることを確認する。

「わたくしが、お料理を作って差し上げますから」

卵粥を作ろう、少女はそう決めていた。

平次に作ってもらった、生まれてはじめて食べた、温かい料理。

冷え切っていた心を救ってくれた、あの思い出の料理を。

食事を作るのははじめてだが、それでも事あるごとに平次の側で作り方は見ていたお綱である。

きっとできるはずだ、とお綱は確信していた。

「だから、待っていてください」

お綱はその細腕で鍋を摑むと、一生懸命にえっちらおっちら運んでへっついの上に据える。

重いものをほとんど持ったことがないお綱からしてみれば、凄まじい重労働だった。

その経験は、普段から自分のために料理を作ってくれている平次のありがたみを痛感させる。

もちろん、彼に対しては常日頃から感謝の念を抱いていた。

だがそれでも、いざ自分でやってみると——その大変さが身に染みて分かったのだ。

「えっと、まずは鍋にお水を張れば良いのですよね……」

平次が行っていた調理の手順を思い出しながら、お綱は水を鍋の中へ注ぎ入れる。

そこまでやってみて、人間の記憶というものが、存外にあやふやなものだということに気付かされることになった。

大雑把なことは覚えていても、細かいことを思い出せないのだ。

傍から見ているだけでは、手を動かさなければ、やはり記憶は定着しないものなのだろう。

「あ、あれ……？　お米、お米はどこでしょう……？」

お綱は炊かれていない米を見つけ、なんの疑念も挟まずに鍋のなかへと投入する。

鍋に張られていた水がたちまち白く濁った。

「これで、いい……のですよね……？」

鍋を覗き込みながら、お綱は何か引っかかるものを感じている。

平次が作る卵粥で使用されるお米は、本当に炊いていない状態のものだっただろうか。

もっとも、お綱はお米の炊き方も知らないのだけれども。

「えっと、次はネギを切ればよろしいのですよね……」

庖丁を持つのは、実ははじめての経験だ。お綱はすっかり腰を引きながら、指を切らないように細心の注意を払いつつ庖丁を動かしていく。

結果、出来上がったのは——大小様々で、かたちの統一性も取れていないカット済みネギである。

「どっ、どうしましょう……」

そこに至ってようやく、お綱は自分の直面している問題のひとつに気付かされた。

現在、火が熾されているへっついはひとつしかない。

そして少女は、火の熾し方を知らなかった。

つまるところ、ネギを溜まり醤油で炒めるための火口が足りないのである。

お綱は慌てた、大いにあわてた。

切ったネギを皿のなかに入れ、火に掛けられている鍋を見つめながら考える。

「そうです、新しいお鍋を使えば……！」

我ながら名案を思い付いたものだ、とお綱は思う。

そして、ぐつぐつと煮え立ちはじめた白濁液の満ちる鍋を持ち上げようとして——断念する。

水の入った鍋があまりにも重すぎて、非力なお綱の細腕では動かすことすら叶わないのだ。

「うぅ……」

このままではいけない、とお綱は涙目になりながら考える。考えて考えて考え抜いた。

そして名案を思い付く。平次がしていたことから着想を得ればいいのではないかと。

「これできっと、大丈夫なはずですよね……」

お綱はネギに溜まり醤油を掛けて、お箸を使って掻き混ぜる。

しかし不器用なせいもあるのだろう。べちゃべちゃと溜まり醤油が跳ねて、少女の高価な着物に黒い液体がしみ込んでしまった。

「これを、お鍋のなかに入れて……ああ、そうでした、後は卵を……！」

お綱は大慌てで鶏卵を取り出し、記憶を頼りに殻を割ろうとした。

「あぁ、あぁあぁ……っ」

だが、上手く行かない。お椀のなかに僅かに入ったのは、殻まみれの卵黄と卵白の混合物。しかも割る力が強すぎて、卵の中身が至るところに飛び散ってしまっている。

「うぅ、うぅうぅ……!!」

お綱の顔と上半身は、飛び散った卵でベタベタになってしまっていた。

その事実に半泣きになりながら、お綱は辛うじてお椀に残っていた卵から殻を取り除いていく。

「わたくし、どうして……こんなにも……」

自分のダメさ加減に、ほとほと嫌気がさしていた。

ぽたぽたと涙が滴り落ちて、せっかく殻を取り除いた卵のなかに入ってしまう。

自分はひとりで何もできない人形《がらくた》でしかないと、そう突きつけられた気さえする。

「あぁ、あぁ……あぅ、あぁあぁ……」

そうこうしている間に、沸騰した鍋からお湯が噴き上がってきて溢《あふ》れ出す。

お綱は完全にパニックになって、飲用水を卵ごと鍋のなかへぶちまけてしまった。

沸騰こそ収まったが、完全にぐちゃぐちゃだ。鍋のなかを覗き込みながら、お綱は絶望する。

「こんな……このようなはずでは……」

理想とは異なる光景が目の前に広がっていた。

平次の作る、美味しそうな黄金色の卵粥。

それを目指していたはずなのに、お綱が作りだしたものと言えば――不格好なネギがぷかぷか浮かぶ、見るからにして不味そうな茶褐色の粥もどきの液体でしかない。

「うぐ……うぅ……ぐすっ……」

お綱の目からぼろぼろと大量の涙が溢れて落ちていく。

こんな料理では、傷ついた平次を慰めることなどできないだろう。

むしろ不味いものを食べさせられて気落ちしてしまうかもしれないし、そもそもからして口すら付けてくれない可能性だってあった。

「うぇ、うぇぇぇぇん……っ」

もう一九歳なのに。城下町の女子であれば子供を産んでいてもおかしくないのに。それなのに、何ひとつ十分にできない己の愚かさ加減が恨めしい。いや、憎しみすら感じるほどだ。

「……お綱さん」

そしてわんわんと声を出して泣きはじめた時、少女の背中に――他でもない、平次の手の平がぽんと乗せられたのだった。

背中にお綱の涙が沁み込み、どんどんその範囲を拡大していることを、平次は自覚していた。

だが、不快だとは思わない。その涙がどうして流されているのかを理解しているからだ。

（なんだか、却って冷静になっちまったなぁ……）

思わずため息がこぼれ落ちる。

友人である西山が殺されたことへの怒りは、依然として心の中で燃え盛っていた。

犯人を探し出して、最大限に苦痛を与えてから叩き切ってやりたいとさえ思っている。

だがそれ以上に、自分の心にとらわれ過ぎて——周囲を心配させるようなことがあってはならないと、痛いほどに感じたのだった。

他ならぬお綱の行動を見て、である。

（これはまた、なかなかリカバリーが大変だなぁ……）

少女の嗚咽を背中越しに聞きながら、平次は鍋のなかの惨状を何とか食べれるレベルへと修復する作業にとりかかっていた。

かつお節を入れ、味噌を溶き入れて、ごま油と溜まり醤油で味を調える。

そして米の芯がなくなるまで煮込んでから、平次は背中にくっついている少女に呼びかけた。

「お綱さん、食べましょうか」

努めて優しい声を発しながら、粥と言うよりは流動食に近いものをふたりの椀に注いでいく。

箸では食べることができそうにないので、匙を使わざるを得ないだろう。

「平次様……」

だが、調理台に粥を置くや否や、お綱は平次の背中から腕へとしがみつく対象を変えた。

柔らかい女体の感覚を強く感じ、平次は狼狽《うろた》える。

「どうしたんだ、お綱さん」

努めて冷静な声で麗しの姫将軍に問い掛けた。

「そんな風にしていたら、食事が取れないじゃないか」

「……ごめんなさい」

お綱は謝罪する。

されどその謝罪が、平次の発した言葉に対応するものでないことは明らかだった。

その証拠に、少女は平次の腕を離さない。

「大見得を切ったのに、料理すらまともにできなくて……結果として平次様にご迷惑を……」

「いいんです、そんなこと。嬉しかったんですから」

「どうして、ですか……？」

お綱は消え入るような声をもらす。

「わたくし、足を引っ張るだけでしたのに……」

「それでもいいんです」

平次は穏やかな声で言った。

「俺のことを想ってしてくれたことだから。結果がどうであれ、俺はお綱さんの優しい心を感じることができて、本当に救われたんです」

それは、嘘偽りのない本心だった。

自分は西山を見殺しにしたのではないか、という自責の念に支配されていた心。

それを救ってくれたのが、お綱の将軍らしからぬ、献身的な姿勢だったのだから。

「平次様……」

お綱は救われたような目で見上げてくる。

(なんだか、不思議な気分だ……救われたのは、むしろ俺の方なのに……)

平次は微苦笑を浮かべながら言った。

「それに、はじめてで料理が上手くできるはずもないでしょう。俺だって最初は失敗ばかりだったんですから」

「そう、なのですか……？」

「ええ、そうです」

平次はうなずいた。

「だから、今度、一緒に料理をしてみましょうか。今日のようなことが繰り返されないためにも」

「いっ、いやです……もう……」

途端に恥ずかしがるお綱を見て、平次は穏やかな気持ちになれた。

そして同時に恐ろしくもなる。もしお綱が自分の隣にいなかったら、どうなっていたのだろう。

（きっと自分を責め抜いて、心を壊して、罪滅ぼしのために西山の敵討ちだけを考える……そんな人間になっていたかもしれない）

それは何よりもおぞましい結末に違いない。悲しみに暮れるのは良い。だが本質を見失って、自分やその周囲の人々を不幸にすることだけは——絶対に、避けねばならないのだから。

（少なくとも俺の隣には、俺のことを気に掛けてくれる人がいるんだ……）

拘束がゆるんだお綱の両腕から自分の腕を引き抜くと、平次は言った。

「もっとも、将軍が料理を習うっていうのもどうかと思うけれど」

「どうしてですか？」

「口が肥えてしまうじゃないか」

平次は自分の心の中の澱みを吐き出すように、努めて明るい声で言った。

「美食に夢中になった将軍って、なんだかろくでもない感じがしないかな」

「そうでしょうか……」

お綱は真っ赤に充血した目をこすり、苦笑と共に言った。

「平次様が仰る通りのことがあれば、わたくしはもう、ろくでなしの将軍ということになってしまいます」

「それは、どうして？」

「だって、平次様がお作りになるものは……わたくしにとって、美食そのものなのですから」

姫将軍はそう言って、平次に真正面から向かい合う。

「あなたは、わたくしをろくでなしの将軍にしていらっしゃるのです」

「参ったな」

からかうような声を上げたお綱を前に、平次は嘆息した。

「そうか、俺は佞臣か。後世の歴史家には、きっとボロクソに叩かれるに違いない」

「叩かれるのはわたくしの方でしょうね」

お綱はゆっくりと表情を正しながら、揺れる声で言った。

「この度の件を受けて、わたくしはつくづく自分が将軍という地位にふさわしくないと痛感いたしましたから」

「それは、どうして？」

「自分がどうしようもないほどに、子供だと分かったのです」

「そんなことを言ったら、俺だってよっぽどだぞ」

「いいえ」

お綱は首を振り、懺悔するように言った。

「わたくしは城内で殺人があったと知った時、真っ先に隠れることを選んだのです。布団にくるまり、震えて、誰かが助けてくれるのをひたすら待つだけ……情けないと思いませんか？」

「別に悪いことでもないだろう。逃げることは悪じゃない」

「それはあくまでも、責任のない立場の者に限った話です。将軍が逃げたら、民は一体どうなりますか」

「でも、君は俺のために駆けつけてくれた」

平次ははっきりと言った。

「お綱さん、君が来てくれなかったら……俺はきっと、自責の念で押し潰されていたはずだ」

「はい」

姫将軍は微苦笑を浮かべて言った。

「まさしく、その点が問題なのだと思います」

お綱はやや俯きながら、静かに告げる。

「わたくしはずっと、布団のなかで怯えていました。怖れていました。凶悪な人斬りが城内を徘徊《はいかい》して、わたくしのことを殺しに来るのではないかと。ですが、殺された方が平次様の友人であり、あなたがそのことで心を痛めたと知って、はじめてわたくしは立ち上がったのです」

「……」

「つまりわたくしにとって、平次様……あなたのことが、すべてにおいて優先されてしまっているのです。あなたが関わっていなければ関与すらしようとしない最低の将軍……それが、いまのわたくしに他なりません」

お綱は平次の目をまっすぐに見上げていた。それ以上のことは言わなかった。

しかし、平次は彼女の無言を理解しようと努めた。

「なるほど。しかしその気性は、将軍としてではなく、ひとりの人間としてはどうだろう。誰もが、終《つい》の夫婦となるには適していると答えるんじゃないか」

「平次様もそのように思われますか？」

「ああ」

するると、少女は首を左右に振りながら言った。

「すぐにでも首を縦に振りたくなるわたくしがいます。ですがそれ以上に、今の平次様に余計なことを言いたくないと思うわたくしがいるのです」

姫将軍はそう言って、平次を見つめる。

「平次様、わたくしはあなたをお慕いしております」

まったくぶれることのない声で、彼女は言う。

「殿方を恋しく思うのは、実ははじめてで……わたくし自身、この感情をどのように御したらいいのか思い悩むことが多いのです」

「お綱さん……」

「あの日、助けられてから……いつも、わたくしは平次様のことを想い続けてきました。いつ、この気持ちをお伝えしようかと、あるいはそれ自体が許されることなのかと考えながら。それがまさか、このような話の流れでお伝えすることになるとは思いませんでしたけれども」

「いや、俺は……」

平次が口を挟もうとすると、お綱は首をそっと振った。

「だからこそ、わたくしは恐ろしく思うのです。城内で人斬りがあったというこの状況が。いつ何時、あなたが被害に遭うかと考えると……わたくしは……」

彼女の言葉のなかには隠し様のない恐怖の色があった。それも当然だ、と平次は思う。

江戸城で刀を抜けば、その時点で死罪は確定。切腹の上、領地は召し上げられて一族郎党も離散する――それが御法度というものだ。

その抑止力があったからこそ、江戸城内での刃傷沙汰は限りなく少なかった。

現在に至るまで、寛永四年（一六二七年）と寛永五年（一六二八年）のふたつの事例しか表ざたになっていないのである。

そしてこれは、いずれもお綱や平次がこの世に生まれる前に起こった過去の話でしかない。

今の江戸城において、刀が抜かれて人が傷付けられるなど、あり得ない話なのだ。

（だが、西山は殺されてしまった……）

いつどこで襲われるか分からない。お綱はそれを強く恐怖しているのだ。

自分はともかく、平次が傷付けられるということに関して。

「お綱さん」

平次ははっきりとした声で言った。

「俺は許せないんだ、俺の大切な友人が殺されたことが」

「はい。わたくしも、平次様を悲しませる者のことを許すことができません」

「そして俺は怖いんだ。西山を殺した相手が、いつ、お綱さんに牙をむくかもしれないと思うと」

「平次様……」

「だから俺は、犯人を絶対に突き留めてみせる。相手がどこに隠れていようが、絶対に追い詰めて、そして後悔させてやるんだ」

「分かりました。平次様の望むことは、わたくし望むことでもありますから」

お綱はそのようにうなずいてみせながら、ささやくように言った。

「ですが、わたくしにとって……あなたがいない世界など価値はありません。それだけはどうか、覚えておいて下さい」

その声を聞いた瞬間、平次はお綱が相当に無理をして気丈に振る舞っていることを理解した。

先ほどまで完全に気落ちしていた男に、これ以上心的なストレスを掛けまいとしているのだ。

それを意識した途端、平次は狂おしい程の情愛を抱く。

彼女こそ、自分が支えなければならない相手なのだ。思わず苦笑いしてしまう。

「どうかされましたでしょうか、平次様」

お綱の問い掛けに、平次はささやくように言った。

「俺の終《つい》の相手が見つかった。それがはっきりと分かったんだ、お綱さん」

◆
◆
◆

江戸は一月末から二月の初頭にかけて、寒さが底を打つことが多い。

二月中頃からゆっくりと気温の上昇がはじまり、八月中頃の暑さのピークまで微妙ではあるが上昇を続けるのだ。

とはいえ、寒いものは寒い。

平次は上着をきっちりと着込み、お綱の許可を得た上で城の外へ出ていた。

その足は、寛永六年（一六二九年）に改築された常盤橋御門に向かっている。

その門の先にある橋を渡れば、金座へと出ることになるだろう。

金座とは、読んで文字の如く——幕府が金貨の鋳造を行わせている拠点だ。

これを左手に見ながら直進し、二本目の通りで右折。すると、視界の先には日本橋が収められることになるだろう。要するに、平次は最短ルートで駿河町へ到達した訳だ。

「西山は、殺される直前に俺のところへやってきた。そしてその前に、駿河町の裏路地で何かをしていたんだ。殺された理由は、きっとそこにあるに違いない」

平次は素知らぬ顔で、駿河町の表店を眺めていく。

先の大火で江戸が灰燼に帰したことにより、この町の風景は大きく変わってしまった。

火事の際に上手く財産を避難《ひなん》させることに成功した商人が、財を失った商人に入れ替わるかたちで現在の駿河町は構成されている。

されど、この町が大型から中型の店舗によって表店が構成されているという状況は変わりない。

江戸で商いをする者たちが商談に訪れており、人の入りも活発だ。

総じて、よく繁盛していると言っても良い。

（『隠岐屋』・『松根屋』・『亀丸屋』・『鶴見屋』・『越智屋』……改めてよく見てみると、色々な新しい店があるんだな）

火災の前から存続している店舗など、もはや片手で数えるほどしかない。

以前の街並みとの断絶を感じながら、西山の足取りを追って駿河町の裏店へ歩を向ける。

江戸の住民の多くは、裏店に建てられている長屋式住居に密集して暮らしている。

そしてほとんどの場合、裏店の住居は表店の商人によって造られたものだ。

駿河町でも例にもれず、安価で粗雑な住宅が乱立していたが——そのなかで、奇妙な物件を見つけた。

「塀《へい》で囲まれているとは、なかなか贅沢じゃないか……」

平次がそう呟いてしまう程、場違いな屋敷だった。明らかに庶民向けではない。

そしてその建築物は、どうやら表店と通路で接続しているようだ。

その通路自体も塀で覆われており、徹底したセキュリティ意識に脱帽するしかなかった。

「明らかに異様だが、西山はこれを見に来ていた……ってことなのか？」

あの裏店屋敷と接続している表店とは、一体どの店舗なのだろうか。

そんなことを思いながら表通りに出ようとした、まさしくその時だった。

「あ……っ！」

平次は慌ててその身を引っ込める。

見知った男が、堂々と往来を歩いていたからだ。

「大久保内膳、どうしてあの人が……？」

部下である西山が亡くなったばかりだというのに、何を考えているのだろう。

気取られないようにそっと彼の足取りを追うと、肥満漢は駿河町の店のなかに入っていく。

平次は即座に、彼が入って行った店の名前を覚えた。

「亀丸屋、ね……」

しかもその店は、塀によって厳重に囲まれた裏店屋敷と接続しているらしい。

(西山は、大久保様と関係がある亀丸屋を探ろうとしていたってことなのか……？)

もちろん、勝手な想像でしかないことは確かだ。

しかし『亀丸屋を探った後に殺された』という事実は確定される。

ともすれば、長居は無用だった。

怪しまれることがあれば、平次もまた、西山のように殺されてしまうかもしれないのだから。

「それだけは勘弁だ……」

平次はそそくさと駿河町から退散していった。

その後姿を、ジッと見つめている人影に気付くこともなく。

◆
◆
◆

「それで、平次よ。その話は真なのか？」

城外から急いで戻るや否や、すぐに面会を求めた平次を、正之はしっかりと迎え入れてくれた。

ただでさえも忙しいはずなのに、彼は嫌な顔ひとつせずに時間を作ってくれたのだ。

平次たちがいるのは中奥の一室だった。平次と正之だけでなく内藤も加わったところで、平次は先ほど見てきた情報を隠し立てせずにすべて開示していた。

「ふむ、大久保殿が駿河町の亀丸屋に……か。あやつは所用があると城を辞したのだが、まさかそのようなところへ行っておったとはな」

正之は眉をしかめながらつぶやく。

「人斬りがあったばかりだと言うのに、一体なにを商人と打ち合わせていたのであろうか。いや、人斬りがあったからこそ打ち合わせが必要であったのかもしれんが」

「西山が亡くなったことで、仕事のやり方が変わるから……でしょうか」

平次がそう呟くと、内藤が口を開く。

「西山のことを話題にするとしても、業務とはかかわりのない所での話になりましょうな」

「どういうことだ、内藤殿」

「はっ。と言いますのも、亀丸屋は御膳所へ納品する食材の収集を補助するために、大久保殿が推挙した商家で在り申す。従って、あの商人とやり取りするのは賄方でも商品の引き渡しを所管する者でありましょう。吟味役が欠けたからといって、亀丸屋の仕事には何の影響も出んのです」

「……」

「つまり、大久保殿は亀丸屋と何か別件の打ち合わせがあった、ということになり申す」

その言葉を聞いて、会津中将は苦笑した。

「さて、それは一体どのような打ち合わせであろうか」

「疑いはじめればキリがありませぬが」

内藤は目を光らせながら言う。

「平次殿が言葉を信用するならば、西山は殺される前に大久保殿と密な繋がりがある亀丸屋を探っており申した。そしてその後、拙者や保科様との面会を希望し、叶わぬまま殺された……このような流れが作れましょう」

「ふん、面白いではないか」

会津中将は強面《こわもて》の顔にシワを寄せながら言う。

口唇が左へわずかに釣り上がっている。

「なぜ、賄吟味役は己の上役である大久保殿を頼らずに、内藤殿や儂と会いたがったのか。しかし大久保殿は今朝方の騒動では実に取り乱した態を見せておったし、何よりここまで勤勉実直に幕府へ仕えてきた功臣。疑いたくはないが、されど現状では疑わざるを得んか」

正之は親指の腹を頬に強く押し当てながら続けた。

「だが、我らは亀丸屋の情報をほとんど持ち合わせておらぬ。物品の調達は賄頭の専権事項ゆえ、核心的なことは大久保殿しか知らんだろう」

「拙者も、亀丸屋の内情についてはまるで分かりませぬ」

そんな大人たちのやり取りを聞きながら、いかにも前近代的な話だよなと思う。

役職は基本的に家産継承されるので、職務内容の透明度が薄く、他の者たちが仕事の内実を知り得ることがなかなか難しいのだった。

「だが、良い機会だ」

正之はうなずく。

「本件は儂から奉行所に通達し、亀丸屋と大久保の動向について探らせることにしよう」

会津中将は腕を組みながら悠然といった。

「上様のため、幕府のため、無法者の尻尾を摑む機会を逃してはならんからな」

# 第一三幕　お綱との夕食／想い重ねて

その日の夕食は純和風の彩りとなった。

西山が殺害されたショック。それに打ちのめされ、御膳医としての職務を休ませてもらうつもりだった平次だが——結局、夕餉の準備も自ら手掛けていた。

内藤からは『休んでも良い』と言われたのだが、いまの平次はかえって発奮している。

ここで仕事を辞めたら、幕府の仕事に厳格な西山から激怒されそうな気がしてならないのだ。

西山のことを想うなら、むしろ、一生懸命に仕事をした方が供養になるという確信もあった。

それに、もうひとつ理由がある。

自分以外の人間が作った料理を、お綱の口に入れさせたくないという独占欲だ。

お綱を健康的な身体にするのは自分なのだという思いが、加速度的に高まっている。

「それにしても、とても彩り豊かですね……」

お綱は微苦笑をその美貌に浮かべながら言った。

「わたくし、卵粥すらろくに作ることができませんでしたのに……ここまでの粋に到達するには、どれだけの時間がかかるのでしょうか」

目の前に広がる夕食を前に、お綱はふぅとため息をもらす。

まず、ごはんを主食に、汁はネギとダイコンを入れた金目鯛のあら汁。

メインのおかずには、金目鯛の身の部分を使った煮つけ。

そして添え物にショウガ醤油味のタコの唐揚げがある。

副菜として、茹でた東洋ホウレンソウにとろろ汁をかけ、冬ワサビを摩り下ろしていた。

赤いボディに金色お目々をした金目鯛は、タイという名前が付いているものの、実はキンメダイ目キンメダイ亜目キンメダイ科に属する深海魚だ。

タイと言って一般に連想されるであろう真鯛は、スズキ目スズキ亜目タイ科に属する魚で、実はまるで異なる種類に属している。

そんな金目鯛は、極めて美味で上品な味わいの魚だ。

汁物や煮物にすると美味しく、刺身にして食べても極上だ。

ただし刺身については、食中毒の危険性を考えて今回は泣く泣く見送っている。

そのため火を通す料理以外の選択肢がなくなってしまったのだが——汁物にする際、金目鯛という食材はとある欠点を持っていた。

そう、深海魚独特の生臭さが出てしまうのである。

(でもまぁ、これぱかりは知識の在り無しの問題でしかないからなぁ……)

そう、知識さえあれば誰でも美味しい金目鯛のあら汁を作れるのだ。

手順としては、こうなる。

まずはしっかりと金目鯛を流水に曝し、血抜きをするところからはじめなければならない。

水道があれば、あらを入れた容器のなかに水を流しっぱなしにすればいいのだが、江戸時代にはそんな便利な物はない。

そのため、水を張ったタライのなかにあらを入れ、流れるプールの要領で、タライ内部に水の流れを作って血抜きを行っている。

いずれにせよ、水を適宜換えていきながら——完全ではなくとも、水が透けて見えるようになるまで繰り返せば十分である。

血抜きをした切り身はザルに上げ、水を切って塩を大量に掛けておく。

そして一時間ほど放置しておけば、魚肉に含まれている臭みが沁み出してくるのだ。

それを洗い流せば、大幅に臭気を減退させることができるだろう。

(まぁ、家庭料理だったらこのレベルで十分なんだけど……)

平次は料理については抜かりない。

お綱に美味しいあら汁を堪能して貰うため、更なる臭い落としに励んでいた。

そう、沸騰させたお湯のなかにあらをくぐらせるのである。

お湯から上げてすぐ冷水に曝せば、表面についているぬめりが露わになるだろう。

それをこすり落とすことにより、汁にした時の魚臭さを激減させることができるのだ。

(これで、魚はほとんど臭わなくなるもんな……)

かくしてぬめりを落としたあらをもう一度、お湯のなかでショウガとネギと共に茹でていく。

その際、平次は春菊をお湯にくぐらせていた。これで味の完成度が大きく変わるからだ。

それから日本酒を香り付けに注ぎ、灰汁を取りながら茹で上げていく。

灰汁が少なくなったら臭み消しのネギとショウガを取り出し、好みの具材をいれていけばいい。

平次は具材用として臭み取りとは別のネギ、それにダイコンを投入したが――ワカメなどの海藻類も極めて相性が良いだろう。

いずれにせよ、ここまできたら味付けはお好みだ。

金目鯛の出汁に春菊の香りもあるので、塩だけ入れて澄まし汁にするのも乙なもの。

今回は味噌仕立てにしているが、必ずしもそうしなければならない訳ではないのだから。

「すごく、味が透き通っていますね……。お出汁も美味しくて、香りも良くて、お味噌汁なのに不思議な感じですね……」

お綱はそんな感想を漏らしつつ、ほぅと一息ついた。

立ち昇る湯気、そのなかに浮かぶ笑顔。見ているだけで心と身体が温まりそうだ。

ショウガの成分も煮出してあるので、実際に身体もしっかり温まるのだけれども。

「こちらの煮魚も、甘みだけではなくて……しっかりとコクがあります。金目鯛の味も良く分かって、やわらかくて、身が口のなかでふわっとほどけるようで……本当に美味しいです……！」

姫将軍は片手で頬を押さえ、恍惚とした表情を浮かべている。

「あの、これは一体なにで味付けを？」

「じつは調味料自体はそこまで使っていないんです。溜まり醤油に砂糖、ショウガに味醂《みりん》に酒の五つですね」

「それだけ、なのですか？」

「ええ」

平次はうなずいた。あまり調味料を使い過ぎても変な味になるだけだ。

調味料とは味を調えるためのもので、主役になってはどうしようもないのだから。

「それに頭を落とした金目鯛を二枚に下ろし、調味料を全部注ぎ入れてから落し蓋をして弱火で煮るだけだから……作り方自体もそんなに難しいものではない」

平次は語りつつ思う。魚類や肉類の煮込みで気になるのは、やはり火加減だろう。

金目鯛については簡単で、煮込んでいると最初は目が真っ白に濁るのだが、煮込みはじめて15分もすると落ち窪んで飴色に変化する。

そうなったらもう火は止めて、余熱調理で十分だ。

熱を過度に通し過ぎると身が硬くなってしまい、ふっくらと仕上がらないから。

魚の煮つけにとって一番難しいポイントなのだが、金目鯛はその絶妙なタイミングを——まさしく『目』が教えてくれるのである。

「今度、魚選びからはじめて料理のお勉強をしてみようか。きっと面白いはずだから」

「そうですね……お魚の市場は、平次様の御実家がある本船町ですものね」

タコの唐揚げを美味しそうに噛み締めて飲み込んだ後、お綱が言った。

「となると、水揚げされたばかりのお魚を沢山食べてこられたのでしょうか」

「ええ、そりゃあ……魚の町ですからね、本船町は」

「羨ましいです……」

お綱ははうなずいた。

「いつか、水揚げされたばかりのお魚を見てみたいものですね」

「できますよ。とはいえ、水揚げは朝早くに行われるので……早起きしなければなりませんが」

「早起き、ですか」

少女は途端に難しそうな顔つきになる。

お綱の側仕えをしている平次には、その理由がよく分かった。

我らが姫将軍は、朝に強い訳ではないのだ。


「今日も、とても美味しかったです」

お綱と所々で小話を挟み込んでいるうちに、彼女はいつの間にか料理を平らげていた。

料理を食べながら会話をするなど不作法もいいところなのだが、今日は緊急事態が発生した手前もあって内藤もおらず、咎める者がいない。

裏を返せば、それだけ信頼されているということなのだろう。

「ありがとうございます、そしてごちそうさまでした」

「お粗末さまです」

「ふふっ……これが粗末な食べ物だったら、どうなりますか。日ノ本が飽食で溢れかえってしまいますよ？」

クスクスと笑うお綱に苦笑を返しながら、平次は食後の春菊茶を注いだ。

その間に侍女たちが入ってきて、ササッと膳を片付けていく。

実に洗練された動きで、いつも以上に機敏だ。

(きっと、お綱さんが事前に言い含めてたんだろうな……食べたらすぐに膳を下げろと)

そして、そんな平次の予感は外れていなかったらしい。

お綱がそっと、覚悟を決めた目で近付いてきたのだから。

「平次様……本当にありがとうございます」

「どうしたんですか、改まって」

いつにない様子の少女に緊張しながら、平次は訊いた。

「いえ、今朝の事件を受け、平次様とのことを思い返すことが増えて……そうしたら、わたくしは色々と変わることができたのだと改めて実感できましたので」

徳川家の姫将軍は平次の隣に座り、手を取りながら言った。

「自分でも、信じられない変化なのです。ほとんど食事を取れなかったわたくしが、いまや一汁三菜をしっかりと取れるようになっているのですから」

「それは……」

平次は言って良いものか悪いものか、逡巡《しゅんじゅん》しながら応じる。

「実は、もしかすると……精神的な問題だったのかもしれない。俺はそう思ってる」

「精神的……？」

きょとんとした顔で、少女は首を傾げた。

「そう、あくまでも心の問題。これまではお綱さんの心が色々な事で弱っていて、それでいて料理を食べなきゃいけない……っていう心への圧迫感があったからなのかもしれない。あるいは……」

「あるいは？」

「……いままでの料理人たちが、単に料理下手だっただけとか」

お綱はそれを聞いて笑った。

笑ったうえで、どこか儚げな表情を浮かべる。

「さて、どうでしょうか。いずれにせよ、わたくしはもう……平次様に作って頂いた料理以外、まるで魅力を感じなくなってしまいましたから」

少女はそっと付け足した。

「かつて出されていた膳の味を思い浮かべることは……もう、難しいです。それに、あなたが作ってくれた物以外は、まるで舌に合わなくなってしまいましたから」

「お綱さん……」

「ですが、それも当然かもしれませんね」

お綱は穏やかな顔で言う。

「彼らは、わたくしを喜ばせるために料理を出している訳ではありませんでしたから。それを知っていたからこそ、わたくし食べることを心のどこかで拒否していたのかもしれません」

「お綱さんを喜ばせるためではなかった……？」

「ええ」

姫将軍はうなずいた。

「それが、彼らの仕事でしたから。彼らは決まりごとに従い、それに則った料理を出して、毎日の『業務』をこなしていただけなんです」

「……心のこもっていない料理だった、ってことか」

「少なくとも、わたくしはそう感じておりました」

お綱は寂しげに笑う。

「わたくしはもしかすると、給金を与える『対価』として『提供』された料理……という構図が、どうにも耐えられなかったのかもしれませんね」

「なるほど」

御膳所の料理人たちは御家人であり、立派な武士である。

彼らは自分たちが庖丁で身を立てていることに、コンプレックスを抱いていることも多かった。

武士であれば、刀を持って男らしくあるべきなのに——厨房に籠《こも》って女房《にょうぼう》の真似事をしていることが耐えきれない、というわけだ。

実際に、御膳所付料理人をそのように揶揄《やゆ》する旗本や町人も、相当数存在すると聞いている。

「わたくしは、彼らが仕事に熱心ではなかった……と言うつもりはまるでありません」

お綱は首を左右に振りながら言った。

「実際、よく働いていたのだろうと思います。ですが、結局のところ、彼らが大切にしていたのは……料理を食べる『わたくし』ではなく、料理を作る『しきたり』そのものだったのです」

お綱は悲しげな表情で、微かに身体を震わせながら続ける。

「平次様と出会って、気付かされました。料理人ともなればネギを知っているはずなのに、それなのにわたくしは、平次様と出会うまで存在そのものを知らなかったのです……身体に良いお野菜であるにも拘わらずですよ……？　わたくしの身体より、幕府のしきたりのほうが、大切だったのですっ！」

お綱の心の叫びを聞きながら、平次はうなずいた。

そうかもしれないし、そうではないのかもしれない。

当事者でなかった平次に、この件を断じることはできそうになかった。

(でも、食が細いとされていたお綱さんが食べやすい料理を作るとか、そういった努力はするべきだっただろうな)

不満がたまり、お綱が食事という行為を敬遠してしまったのも仕方がないことだったのかもしれない。

「ですが、平次様はそうではありませんでした……」

瞳を潤ませながら、お綱は平次を見つめる。

「わたくしのために、美味しくて栄養のあるものを作って下さいます。その想いを強く感じることができるからこそ、わたくしも出されたものは食べ切ろうと努力することができて……」

「お綱さん……」

真摯な声で訴える絶世の美姫に、心が感応していくのが分かった。

その潤んだ瞳に己の姿が映り、吸い込まれそうになってしまう。

先ほど、ふたりで想いを言葉で重ね合っていた影響も――きっとあるのだろう。

「聞いて、ください……平次様」

お綱は平次の手をしっかりと握り締める。

そして明瞭《めいりょう》な声で、はっきりと告げてくるのだった。

「わたくしのために……一生、お料理を作っては下さいませんでしょうか」

聞き間違えの余地もなく、明らかに、プロポーズの言葉。

先ほどよりも踏み込んだ求愛宣言でもある。

（きっと、これがお綱さんの性格なんだろうな……）

お綱という少女は、男女の駆け引きが得意ではない。

搦《から》め手を使うことなく、真っ直ぐに心を表明することしかできないのだ。

「わたくしは、いずれ隠居させられる身です。世間的には病死ということになるでしょう。ですからきっと、その後は何をしてもいいはずなのです」

彼女自身が、己にそう言い聞かせようとしているようにも思える。

ずっと束縛されてきた自分が自由になれるのだと、信じ込もうとしているのかもしれない。

江戸城の奥深くに幽閉される可能性を、考えないようにしているのだろう。

いや、そうでもしなければ――お綱の心は、きっと、耐え切れないに違いなかった。

「わたくしは、ひとりでは何もできないダメな女です。足手まといになると思います。ですが、幸いにして学だけはあるのです……読み書きも、算術だってできます」

「……」

「ですから、ですから……平次様の夢を叶えるお手伝いを、わたくしにもさせて頂けませんでしょうか……」

まるで、飼い主に捨てられかけている子犬のような必死さだ。

傍目から見れば、きっと、別れ話を信じたくない妻や恋人のようにさえ映るかもしれない。

征夷大将軍という立場を考えれば、おおよそ取ってはならない言動に違いなかった。

「俺の、夢……？　夢って、料理茶屋を開くって……そのこと？」

「はっ、はい！　そうです、火の番でも食材の管理でも、帳簿付けでも何でもいたします！　それこそ、犬馬の労を……！　ですから、お願い致します……」

——わたくしと、一緒にいて……ください……。

感極まりはじめたお綱は、尻すぼみの声で懇願《こんがん》してくる。

そこにいるのはもはや、征夷大将軍でも武家の頭領でもない。

単なるひとりの少女でしかなかった。

「わたくしは……っ、もう……もうっ、平次様のお傍を離れたくないのです……っ、どうか、どうか……っ」

彼女に握られている手は痛みすら感じるレベルで握り締められている。

それだけ必死なのだ。自分の理解者を絶対に失うまいとする、人間の意地なのだろう。

そこまでの想いをぶつけられて、男心が揺さぶられないはずがなかったのだ。

「お綱さん、俺の気持ちは……御膳所でお伝えした通りです」

覚悟を決めて、平次はまた、しかし前回以上にはっきりと自分の心を伝える。

相手が将軍だとか、身分違いの恋だとか、そういったことはもう考えないようにした。

「終の相手はあなたしかいない、支えようと思える相手はあなたしかいない……俺はそう思っています」

「平次様……！」

お綱は感極まった様子で抱き付いてくる。

その抱擁は熱烈で、流石の平次と言えども息苦しさをおぼえるほどだった。

だが、不快ではない。着物越しとはいえ、少女の身体の柔らかさがよく分かったし——少女に抱きしめられていると、身体を蝕むストレスがどんどん和らいでいくのを実感する。

（誰かに抱き締められるってのは、こんなにも良いものだったっけ……）

平次はお綱にぎゅーっとしがみつかれながら、そんなことを思う。

古来より、強烈な不安に耐え切れなくなった人間を救ってきたのは異性の肌であり、体温だったと言われている。

抱きしめ合い、互いの熱を交換することによって、心理的なストレスを大幅に減退させることができるからだった。

（でも、本当に……いいものだな……）

その体験を共有したくなり、平次も腕を伸ばしてお綱の身体を抱き返す。

そうしていると、どんどん胸の高鳴りが激しくなっていった。

「平次様……わたくし、ものすごく……その、胸が高鳴っています……」

耳元でのささやき。

それに応じるように顔を上げると、平次の顔のすぐ間近に——お綱の儚げな美貌があった。

「それは、俺も同じだ」

平次はカラカラになった喉を震わせながら答える。

愛しい相手がすぐ間近にいる。その事実がやけに非現実的な感じがして、平次は更に強く少女の身体を抱きしめた。

「平次様……あぁっ、強い、です……」

「嫌、かな?」

何しろ初めての経験だ。

ついつい伺うような口調になってしまい、お綱はぶんぶんと首を振って応じる。

彼女も彼女でなかなか余裕がないらしい。

「嫌なはず、ないではありませんか……お慕いする殿方に、抱き締めていただいているのに」

お綱はぽっと頬を紅潮させながら、強く身体を押し付けてくる。

着物越しに感じる少女の肌が、どんどん熱くなってきているような気がしてならない。

「平次様……」

ふたりで見つめ合い、抱き合いながら熱を伝え合っていると、どんどん時間が過ぎ去っていく。時の移ろいと共に、平次の心音はとんでもないほど大きくなり——少女に聞かれてしまっているのではないかと思ってしまうほど。

対する少女も同じようなことを思っているらしく、顔を真っ赤にしながら気恥ずかしそうにしている。

(それにしても、綺麗だ……)

紅に染まった美貌だが、彼女の艶やかな色合いをした唇には敵《かな》わない。

平次の目線はついついそこに吸い込まれてしまう。

頭のなかにはお綱と出会った時のことが思い出されていた。

池の水をたくさん飲んでしまい、気を失っていた少女を救うべく——平次はこの唇に自分の唇を重ね、人工呼吸をしたのだと。

「お綱、さん……」

「あ……」

平次はカラカラになった唇を、潤《うるお》い豊かなみずみずしいそれに近付けていく。

「ん……っ」

そして、重なる。予想に違わず、やはり弾力があった。

キスに慣れていないせいもあるのだろう。

お綱はぽーっと夢見心地な表情を見せながら、平次のなすがままになっている。

「あ……んっ、平次、さま……」

何度も何度も唇を押し付けて、離しての繰り返し。

だがしかし、童貞処女のふたりにとっては非常に刺激の強い行為だった。

お綱の唇の隙間からは、普段では聞くことのできない甘く蕩けたような吐息がこぼれている。

(このまま続けて、いいんだろうか)

ここまで来て及び腰になってしまうのは、やはり相手が徳川将軍だからなのかもしれない。

相手がひとりの愛おしい女性でしかないことは分かっているが、それでも社会的な責任というものをどうしても意識してしまう。

「……平次様」

そしてそんな戸惑いを見透かしたように、お綱は口付けの合間にささやきかけてくるのだった。

「もう、口吸いを……してしまったのですよ……？」

それは要するに、もう逃げられないし逃がさないというお綱の意思表示だ。

お綱は平次の背中に回していた腕を抜いて、彼女の潤い豊かなスベスベの頬とはまるで正反対の——男の頬を愛おしげになでながら言った。

「平次様は、わたくしのことをどう思っていらっしゃいますか……？」

「どう、って……」

「愛しいと思って下さいますか……？」

「もちろんだ」

「手籠《てご》めにしたいと、そうお望みになっては下さりませんか……？」

「それは……」

思わず言い淀む。お綱を抱きしめること。口付けすること。

そこまではまだ良いとしても、身体を重ねることは余りにもハードルが高いように思えた。

それに想いを伝え合うことまでは予想できても、まさか性行為の一歩手前にまで至るとは想定すらしていなかった平次である。

このまま流されて良いのだろうか。そんな思考が警鐘を鳴らしまくっていた。

「お嫌、ですか……？」

だがこういった場面において、お綱の方が平次より度胸が据わっているらしい。

少女は淑《しと》やかな笑みを浮かべながら、そっと耳元でささやいてくる。

「わたくしのことを、女としては見れませんか……？」

「いや、そんなことは……」

平次は股間から走る甘い疼きを自覚しながら言った。

既に肉棒は限界まで勃起している。お綱と抱き合った時には半勃ちになり、口付けをはじめた段階で硬くそそり立っていたのだ。

お綱のことを女性として意識していなければ、こうはならないだろう。

「でしたら、よろしいではありませんか……」

少女はそっと平次から身を離しながら言った。

「もう、唇をお奪いになったのです……それ以上のものを奪って下さいませ……。そしてわたくしの側で、共に、ずうっと……」

お綱はそう言って、着物の合わせ目をくつろげはじめる。

「お綱さん……」

平次は驚愕した。

天下の征夷大将軍ともあろう女性が、己の鎖骨までも露わにしているのだから。

真っ白ですべすべの、シルクを思わせる艶やかな肌。

お綱は顔を真っ赤に染めながら、己の首筋を反らして強調してみせる。

だが、そこまでだった。それ以上の露出はない。これが彼女の限界点なのだろう。

(現代だと繁華街を歩く女性だったら普通に露出してる部分だけど……江戸時代だと、それすら恥ずかしい部分なんだよな……少なくとも武家の女性は)

一生懸命に自分の『女』をアピールしているお綱を前に、平次の覚悟は固まった。彼女にここまでさせて、何もせず引きさがるのは男じゃない。

「ここから先は、平次様が……」

「……ああ」

平次はうなずき、彼女を畳の上に押し倒した。

そしてそのまま、真っ白な首筋にむしゃぶりついている。

女性のフェロモンが匂い立つその部分は、これまで食べてきた何よりも、男の食欲を誘った。

「……ふぁ、んっ」

舐めしゃぶり、甘噛みして、薄塩味の首筋を思う存分に堪能する。

そしてお綱と言えば、ただただ肢体を震わせて、男に蹂躙《じゅうりん》されるがままだ。

「お綱さん、お綱さん……」

童貞に特有のがっつくような求め方。お綱が経験豊富な女性であれば、その前のめりな姿勢に苦笑のひとつでも漏れていたことだろう。

だがしかし、お綱もまた真っ新な、手あかのついていない少女だった。比較するだけの対象もおらず、平次の求め方が『普通』なのだと思ってしまう。

「あぁ、平次様……」

診察や調理の時には繊細《せんさい》に動く男の指先。だが興奮と緊張に震えたそれは、いまや乱雑にお綱の胸元をはだけさせるという暴挙に至っていた。

「あっ、んっ……あぁっ……！」

首筋を激しく吸引されながら、胸を強く握り締められる感覚にお綱は身悶える。

平次はどこまでも匂い立ち、柔らかい女肌に感動していた。

指先に力を入れれば、ぐにぐにとかたちを変える美巨乳。その感覚に酔っていると、手の平にこりっとした硬い感覚を覚える。

見れば、少女の淡い桃色乳首がピンと勃起していた。

乳輪は小さめなのに、乳首は大きめだ。おそらくは胸の大きさに比例しているのだろうが、硬く勃起し震えている乳頭を眺めていると——転生したばかりの時に、この世界の母親であるお満の母乳を飲んでいたことが不意に脳裏によぎる。

「お綱さん、綺麗だ……」

「平次さま、そんなこと……あんっ」

豊かな乳房に顔を埋めながら、そのバストトップを口に含む。

グミのようなこりこりとした感覚を楽しみながら、平次は夢中になって乳首を吸っていた。

「あぁ、平次さま……っ、赤ん坊のようなお戯《たわむ》れは……っ」

お綱はこらえきれない喘ぎ声を漏らしながら、びくっと背を反らして男の頭を抱き寄せる。

それによって、ますます敏感な部分を舐めしゃぶらせる結果になってしまうのだが、少女はそこまで頭が回っていないようだった。

あるいは、無意識に——もっとして欲しいと、そう願っているのかもしれない。

「そんな、平次さま……あぁあぁ……」

総身をびくびくと震わせながら、切なげに喘ぐ姫将軍。

彼女を感じさせているのが自分だと思うと、なんだか嬉しくなってしまう。

「母乳は、まだ、出ないんだな……」

「そんなのっ、とうぜ……んんっ」

自我がある状態でお満の母乳を飲んで生きながらえた手前、平次は乳首の吸い方については一家言あった。

舌先でちろちろと乳頭部分をくすぐった後、舌全体でねっとりと乳首を根元から舐め上げる。そして痛みを与えない程度に歯先を当てながら、わざと音を立てて乳首を吸い上げるのだ。

お満で培《つちか》われた歴戦の乳首吸引技術を披露《ひろう》しながら、平次はもう片方の乳房を揉みしだく。

「そっ、そのようにっ、吸われてもぉ……っ、おちちっ、でません、からぁ……っ」

お綱は平次の頭を撫で回しつつ、気持ち好さそうに甘い喘ぎ声を振り撒いていた。

乳首を吸いながら、平次は上目遣いに少女の表情を確認する。

彼女の顔には嫌悪感の類は一切なく、甘く蕩《とろ》けていた。

それを見て、平次は強い安堵感を覚える。女性経験がないため、何が正しくて何が間違っているのか、その判断がいまいち分からないからだ。

「お綱さんの胸、まるでお餅のみたいにむちむちして、もっちりして、すごく気持ちいいよ」

「ひゃうっ」

乳首をちゅぽんと口から離せば、真っ白なふくらみがプリンのようにぷるんと震える。

「身体はこんなにも痩せているのに、どうしてここだけ成長しているんだか」

「わっ、分かりません……そんなの……」

お綱は顔をぷいっと背け、両手で顔を隠して恥ずかしがっている。

胸元だけをはだけた和装のお姫様が見せるそんな仕草に、平次は心奪われた。

「あぁ、お綱さん……なんて綺麗なんだ……」

平次はお綱の胸に顔を埋めながら思う。

それにしても、大きくてかたちのよい美巨乳だ。

張りがあるというよりも、むっちりと柔らかく、とろけるような極上スライム乳である。

ぷるぷると揺すれば柔らかく波打ち、揉めばどこまでも男の手を包み込んでくる。

そして顔を埋めれば極楽浄土。抱き締めてもらって寝ることができたら、さぞかし気持ちが良いことだろう。

「もっと、もっとお綱さんを見たい……」

「えっ、きゃ……っ」

着物を脱がすのも面倒だった。着物の裾をまくり上げれば真っ白な太ももが露わになる。

お尻はむっちりと実っているのに、太ももはお腹と同じで肉付きが薄い。

そして平次は、どちらかというとむっちりした太ももが好みだった。

(もうちょっと、お綱さんが太ってくれると丁度いいかもな……)

そんなことを思いながら、平次は遂にお綱の露わになった下肢を視界に収めた。

アンダーヘアは薄く、申し訳程度に茂っているに過ぎない。

「あまり、ご覧にならないで下さい……」

お綱は身を縮ませて、男の視線から逃れるように腰をひねったかと思うと——もじもじと内股を擦り合わせた。

本人は意識していないのだろうが、実に男心に響く煽情《せんじょう》的な姿である。

「お綱さん……」

目の前で柔らかく揺れる乳房。くねる腰から伸びるすらりと長い足。そして股の付け根に生えている上品な陰毛。それらを目の当たりにした平次は、ごくりと生唾を呑み込んだ。

まだまだお綱の魅力的な身体を堪能したかった。

だが童貞であり、女性経験がない平次は色々な意味で限界が来ていたのである。

「あ……平次、さま……」

自分の衣服を慌ただしく脱ぎ捨てた平次を見て、お綱は愛おしげな視線を向けてきた。

これから身体を拓《ひら》かれることになるにも拘わらず、恐怖心は皆無らしい。

「たくましい、のですね……」

「あまり見ないでくれ」

「いやです」

お綱は恥じらいながらも微笑んだ。

「わたくしも先ほど、同じことを言いましたもの。ですけれど平次様は、まるで聞いて下さいませんでした」

「それは、お綱さんがあまりにも綺麗だから……」

「同じことです」

姫将軍は平次の総身をうっとりとした目で眺めながら、熱っぽいため息をこぼす。

「平次様のお身体、とても……男らしくて、素敵だと思います……」

お綱はそう言うと、そっと畳の上に身体を投げ出した。濡羽色の頭髪がサッと広がり、視覚的に何とも美しい。

「お綱さん」

「お出で下さい、平次様」

平次は促されるまま、横たわった姫将軍の上にゆっくりとのしかかっていく。

お綱は自らそっと脚を開き、男を迎え入れた。

「お綱さん、行くぞ」

「はい」

片手で勃起した肉棒を持ち、お綱の潤んだ秘所へとあてがう。

腰を押し出しても上手く入らずに焦ったが、何度目かのチャレンジで亀頭が僅かに入り込む部分を見つけた。

平次はお綱と両手を握り合い、そのまま腰を押し進める。

「んっ、あ……ぅ……」

「お綱さん、大丈夫か……？」

ついついお伺い口調になってしまう平次に、姫将軍は微笑みながら応じた。

「大丈夫、です……想像していたよりも、辛くは、ありませんから……」

お綱は眉根を寄せて苦しそうにしてはいたが、口調そのものは穏やかだった。

平次には分かる。彼女は男に遠慮をさせないよう、気丈に振る舞っているのだ。

たとえどんなに激痛が走ったとしても、絶対に苦痛を訴えたりはしないだろう。

「もうすぐ、すべて入るから」

「はい、うぅ……」

いたずらに長引かせたところでお綱の体力をいたずらに削るだけに違いない。

平次は覚悟を決めると、ぎっちりと押し詰まった密度の高い肉の細道を押し進んでいく。

温かくうねる肉壁の感覚に、腰が蕩けてしまいそうだ。

「いっ、ひぐ……あっ、あぁあぁ……っ」

だがお綱の発する声には明らかに苦痛の色が混じっている。

やはり、相当に痛いのだろう。お綱と握っている手に、彼女の爪がめり込んでいた。

言葉に訴えたりしない分、彼女の健気さがより強く平次の心をゆさぶってくる。

(早く、終わらせてあげないと)

亀頭に強い抵抗感を感じた平次は、一気にその道を突破。腰を少女にぴったりと押し付ける。

途端、お綱の背中がグッと反れたかと思うと——今度はギュッと縮こまった。

「全部、入ったよ……お綱さん」

「え、えぇ……分かります、平次さんが入っているのが……」

ふたりの目が、互いの結合部に注がれる。

お綱からは上手く見えないだろうが、平次からは良く見えた。

少女の膣孔に差し込まれた肉竿を伝い、姫将軍の尊く貴重な破瓜の血が滴っている。

「……わたくしたち、本当の意味で結ばれたのですね」

お綱が瞳にぶわっと涙を浮かべ、満足そうに問い掛けた。

「ああ。これで俺も、お綱さんの色に染められてしまったわけで……」

「逆、なのではありませんか……？」

姫将軍は痛みを誤魔化すように、早口で訊く。

「殿方はおなごのことを『自分好みに染める』としばしば口の端に上らせますし……」

「一体だれが、お綱さんの前でそんなことを言ったんだか」

まさか保科様じゃあるまいな、と思いながら平次は言う。

「男だって、女の色に染められる生き物なんだ。なにせ、股間は粘膜だから……ここを通して、女性の成分をどんどん体内に吸収してしまう」

「そう、なのですか……？」

お綱は驚いたように目をぱちくりとさせると、次いで幸せそうに微笑んだ。

「つまり、平次様とこうすればこうするほど……わたくしの色に染めることができる、ということなのですね」

「ええ、身体は。心はもうとっくに染められていますが」

「それは、わたくしもです」

お綱は幸福なため息をもらす。それと同時に、強烈な圧迫感が平次を包み込んでいた。

少女の心の動きと連動している膣孔はうねうねとのたくって、男の象徴を丹念かつ愛おしげに舐《な》めしゃぶっていく。

「平次様、動いて下さいますか」

「だが、まだ辛いんじゃないか……？」

「大丈夫です。平次様、どうか……」

お綱は乞うようにささやいた。

自分は痛みに耐えながらも、それでいて男を思いやる優しさ。

それを目前で見て、断り続けるのは——むしろ、彼女の心を侮辱することになる。

「わかった。ゆっくり動くから、辛かったら言ってくれ」

「は、はい……あっ、いえ、その、あのう……わたくしは辛くだなんて……」

「いいんだ、お綱さん」

平次は少女の様子をしっかりと確認しながら、ゆっくりと動いた。

いくらはじめて同士とはいえ、ここまで気を使われては男が廃る。

できる限りお互いにとって負担が少ないように、共同作業がはじまった。

「あっ、あぁ……ひぁ……っ」

しかし、初回である。やはり最初だけあって、お綱には痛みしかないだろう。

それでも少女は、決して平次に行為を中断するようにとは言わなかった。

ゆっくりとした抽送。お綱の狭路を傷付けないようにゆっくりと引き抜き、今度は丁寧に奥へと向かう。平次と握り合った手に、ぎゅっと少女の力が籠められる。

「平次様、気持ち好いですか……？」

「ああ、すごく、好い……最高だと思う」

「よかったです、ぅ……っ、はぁ……っ」

平次がゆっくりと腰を振っていると、お綱の愛液も次第にその量を増していた。

感じているか感じていないかを問わず、少女の身体は――自分の性器を傷付けないように対応しはじめたのだ。

「へっ、平次様の……っ、分かります……あぁっ、奥に、奥に来て……っ、大きい……っ」

愛液の過剰分泌により、お綱の身体にかかる抽送のストレスが弱まりはじめている。

やはり肉棒を出し入れする時にスムーズであるかどうかは、女性の負担を考えれば存外に無視し難い影響があるのだろう。

お綱の様子をつぶさに観察して、不快の色があればすぐに行為を中断しようと考えていた平次はそう確信していた。

「お綱さんのも、よく分かる……俺の肉棒にぴったりくっついてきて、かと思ったらうねうね動いて、温かくて、とても気持ち好い……」

「いっ、いや……っ」

お綱の美貌が、羞恥心で発火する。だが手で隠そうとも、いまはお互いに恋人握りをしている真っ最中だ。

口を栗のようなかたちにしてぷるぷると震えながら、お綱はぶんぶんと顔を左右に振る。

ばさばさと美しい黒髪が舞い、ふわりと香った汗の香りが平次の股間を疼かせた。

「嫌がらないでくれ、お綱さん」

ゆっくりとピストンしながら、平次はお綱にささやきかける。

結合部からはグチュリといやらしい水音が立ちはじめていた。

「俺は、ずっと、お綱さんを見ていたい」

「平次様……あっ、あぁ……でも、あんっ、それ、はぁ……っ」

甘い声を上げて身悶えはじめた少女を見ていると、興奮の度合いがますます高まっていく感があった。

お綱は尽くすに足る女性だと思っているし、そして彼女もまた、こちらに尽くしてくれる。

それでも放っておけば消えてしまいそうな儚さがあるし、なにより少女には危なっかしいところがあった。

とにかくずっと見続けていなければ色々と不安になってしまうし、見続けていれば更に夢中になってしまう。

（本当に、底なし沼みたいな人だ……）

突かれる度に柔らかくたわむ乳房を見てから、平次はそっとお綱と唇を重ねた。

少女は夢中になって応え、熱烈に唇を押し付けてくる。

まだまだ彼女は純真だった。唇を押し付けるキスしか知らず、口を吸い合うことも、舌を絡め合うことも知らないのだ。

「お綱さんの膣内《なか》、とても気持ち好い……」

「わたくしも、好いです……平次様を全身で感じることができて……っ」

唇を押し付け合いながら、合間合間に愛の言葉をささやき合う。

そうしていると、平次の下腹から熱いものが込み上げてくるのが分かった。

睦言を交わせば交わすほど、どうやらお綱は感じてしまうらしい。

膣圧が加速度的に高まり、まるで絞り上げるかのように肉棒に絡みついてくるのだ。

女性経験がはじめての平次に、それをこらえるだけの技量はない。

「んあっ、あぁあぁ……へいじさまぁ……あぁっ、すき、あぁ、すき……っ、だいすき……っ」

「お綱さん、お綱さん……！」

「あいしています、おしたいしています、あなたのことを、だれよりも……っ」

「お綱さん……っ、あぁっ、もう、射精《で》……る！」

鼻にかかったような甘ったるい愛のささやきを一身に浴びながら、平次は限界を迎えた。

お綱を妊娠させることはできない。そんなことをすれば大変なことになるだろう。

もっとも生で性交渉を行っている限り、色々と手遅れな気がしないでもないのだが——それでも、膣内射精《なかだし》をするよりかはよっぽど良い。

「きゃっ、あぁ、熱……はぁ、ぁ……」

性感を確かに覚えはじめた処女地から、平次は慌てて肉棒を抜き出していく。

その時に感じた亀頭への引っ掛かりが起点になり——ぶびゅるるるっと大量の精液が宙を舞いはじめた。

「あっ、あぁ……熱い、平次様の……っ」

着物を乱された状態の姫将軍に、たぱたぱと白濁液が撒き散らされて付着する。

顔にまで到達した精液の熱と匂いに、お綱はぶるりと身体を震わせた。

その姿は実に美しく、いつまでも見ていたいと思ってしまうほど。

やがて長い長い放精が終わると、お綱はべっとりと胸に撒き散らされた大量の男汁を指先で弄びながら——悩ましげなため息をもらした。

「これが、殿方の……子種なのですね……」

お綱はそれを見ながら、そっとつぶやいた。

「まるで、いつも食べているとろろ飯のようですね」

平次は苦笑し、お綱の乱れた前髪を整える。すると少女は、幸せそうに微笑した。

「平次様……お慕い申しております」

「ああ、俺もだ」

平次は少女と口付けを交わしながら、改めて決意する。

生ある限り、この少女を支え続けようと。

そして自分の夢である、レストランの開設——これにも付き合ってもらおうと。

(だが、その前にやらなくてはならないことがある)

西山を殺した犯人を捕まえ、敵を討たなくてはならない。

そうしなくては平次個人の心が収まらないし、江戸城のなかを安心して出歩けないからだ。

その後は、幕閣の老人たちとの対決が待っている。

お綱を隠居させることが既定路線だと言うのなら、その後の少女の身の自由を何としてでも勝ち取らなければならない。

「俺は君のもので、君は俺のものだ。支え合っていこう。そして誰ひとりとして、ふたりの進む道を阻ませるものか」

お綱は幸福そうにうなずいた。

「わたくしも、ようやく、人になれるのですね」

徳川料理人の事件簿

キャラクターデザイン
# お綱（徳川 家綱）

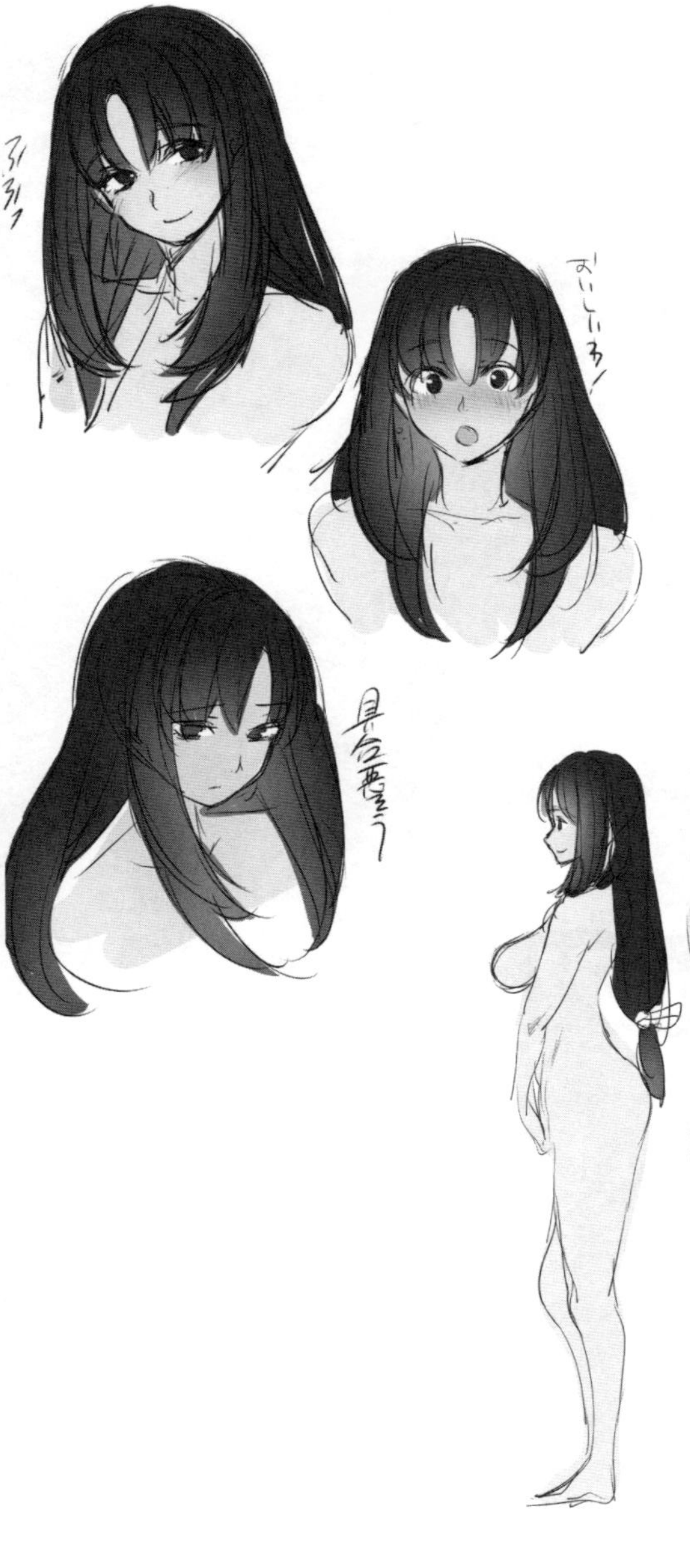
ふふっ
おいしい
具合悪い…

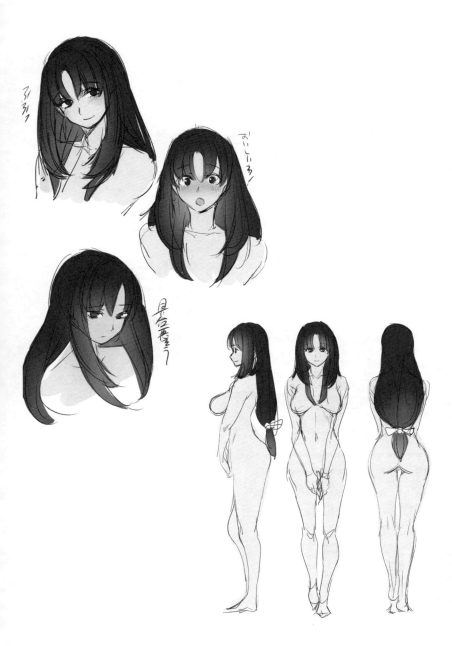

ノクスノベルス 既刊シリーズ 大ヒット発売中!!
ゾンビのあふれた世界で俺だけが襲われない①〜③
[著] 裏地ろくろ [イラスト] サブロー
隠したチート能力で、危険ゼロ!
気が付くと頼りにされている崩壊世界探索ライフ!!
NPCと暮らそう!①〜②
[著] 惰眠 [イラスト] ぐすたふ
チートファイル《改造》を駆使し、ボッチ男が目指す異世界ハーレムライフ!
緋天のアスカ①〜③
〜異世界の少女に最強宝具与えた結果〜
[著] 天那光汰 [イラスト] 218
異世界転生で宝具創造!
見習い剣士を最強の女勇者に!!

アクスノベルス 既刊シリーズ 大ヒット発売中!!
迷宮のアルカディア①～②
～この世界がゲームなら攻略情報で無双する！～
[著] 百均 [イラスト] 植田 亮
『ゲームオーバー
コンティニューしますか？ Y／N』
ゲームの主人公が
プレイヤー情報を得てチート化する
RPG風ファンタジー！
冒険者Aの暇つぶし①～②
[著] 花黒子 [イラスト] ここあ
見目麗しい変態たちに
激モテ！
王立軍学校でハーレム状態!?
MFブックス「駆除人」の花黒子が贈る、
壮大な“暇つぶし”物語！
Aランク冒険者の
スローライフ①
[著] 錬金王 [イラスト] 加藤いつわ
最強村人の
まったり田舎暮らし！
のんびり気楽に人生を楽しむスローライフファンタジー！

ノクスノベルス

# 徳川料理人の事件簿 1

2018年6月20日　第一版発行

【著者】
井の中の井守

【イラスト】
天音るり

【発行者】
辻 政英

【編集】
上田昌一郎

【装丁デザイン】
DRILL(下元亮司)

【フォーマットデザイン】
ウエダデザイン室

【印刷所】
図書印刷株式会社

【発行所】
株式会社フロンティアワークス
〒170-0013 東京都豊島区東池袋3-22-17 東池袋セントラルプレイス5F
営業 TEL 03-5957-1030　FAX 03-5957-1533


※本作は「小説家になろう」公式WEB雑誌「N-Star」(https://syosetu.com/license/n-star/)に掲載されていた作品を、大幅に加筆修正したものとなります。